生きてさえいれば

小坂　流加

Kosaka Ruka

文芸社文庫

大阪弁監修　山本空

目次

第1章　手紙

1

塾の月謝袋から千円抜き取って切符を買い、改札を通り抜ける。罪をどんどん重ねているようで怖くなる。お母さんも妹の茜《あかね》も図々しいくらい肝が据わっているのに、僕はどうしてこんなに気弱なのだろう。線路に飛び込めばすぐに死ねるなと頭をよぎったけれど、交通が乱れているとお母さんはとても不機嫌になるので、叱られるのはいやだから飛び込み自殺はやめておこうと思った。

病院のエレベーターの扉が震えながら開くと、白い光が目の前に溢《あふ》れた。白熱灯の明かりがリノリウムの床やモルタルの壁に反射している。薬品の匂いが鼻を突く。ピッピッと響く機械音。いくつも重なる不明瞭な声。ドアチャイムのようなメロディがケアルームから響くと、中から看護師さんが飛び出してくる。

車椅子を押すヘルパーさんは夏休みを謳歌《おうか》してきたのか、肌がこんがりと焼けていた。ヘルパーさんの真っ黒な肌が、車椅子に座るおばあちゃんを三倍病んで見せている。ジャケット風の白衣を着ている医師は、ペラペラの白衣を翻して走り回る医師よりも、優雅にも胡散《うさん》臭くも見えた。どちらかといえば、僕が病気になった時にはペラペラの白衣の先生にお願いしたい。大学病院の循環器内科の病棟は判で押したような日常の真っただ中だ。

さすがにここでは顔を知られているので、ケアルーム脇の個室、手前から二番目の部屋へ逃げるように飛びこんだ。

扉を閉めると、喧騒《けんそう》が遠のいた。周りをぐるりと機械に囲まれたベッドの上に、白いパジャマを纏《まと》ったお姫様がいた。

「やっほー、ハルちゃん」

度胸のない僕は、ここへ来た理由を問いただされて叱られるだろう、少し先の未来に怯えながら手を上げた。

お姫様はしなやかに目を細めた。

「やっほー、千景《ちかげ》」

疑念のないまろやかな声だった。安堵《あんど》して、窓際の棚の上に鞄《かばん》を置いてベッドの横にあるパイプ椅子に腰を降ろした。

「ひとりで来たの？」

「うん。ちょっと、暇だったから」

「お菓子あるわよ。食べる？」

暗澹《あんたん》たる気持ちを一掃してくれる強烈な光をハルちゃんという人は持っていた。ハルちゃんは僕のお母さんの妹だ。つまり、僕はハルちゃんの甥《おい》ということになる。

オーバーテーブルの上に出された箱を開くと、色とりどりのマカロンが並んでいた。

お見舞いに訪れる人たちが持ってきてくれるお菓子は流行のスイーツや、海外のお土産《みやげ》が多い。本人は食が細いのでほとんど僕や、妹の茜のお腹に入ってしまうのだけど。

お見舞いの品はお菓子だけではない。

エルドラドのような街や、突き抜けるように晴れ渡った空、宝石をちりばめて絨《じゅう》毯《たん》にしたような夜景、楽しいことしか知らないみたいに笑う子供、見ているだけで心がうきうきするようなポストカードが殺伐《さつばつ》とした病室の白い壁に彩りを与えてくれている。

ハルちゃんの一番のお気に入りは天の川のポスターだ。闇よりも多い光の集合体は星というより、のろしのように煙って見える。

天の川のポスターを持ってきたお姉さんは、リィさんという。リィさんの本名が何なのか知らない。ハルちゃんのお友達には本名がわからない人が多い。モデルの世界なんてそんなもんよ、と茜が見てきたような口で言っていた。

リィさんはいつも目が覚めるような派手な色の服を着ていて、おしゃべりが好きで、声がでかくてよく笑う、看護師さんたちの人気者だ。ファッション雑誌のモデルをしている。

けれど、もしもハルちゃんが健康だったら、リィさんが専属になっている雑誌のトップモデルはハルちゃんだったとリィさんはいつも言う。ハルちゃんを心の底からリスペクトしているリィさんと、ハルちゃんを心の底から信頼している僕は気が合った。

ある日も、ハルちゃんが長時間の検査で疲れて眠ってしまい、お母さんが先生に呼びだされてしまうと、リィさんは病棟のロビーでジュースを奢《おご》ってくれた。「炭酸がよかった」と文句を言う茜に、「プクプクの体形になりたいの？」とリィさんはぴしゃりと返した。スタイル抜群のリィさんの一言には、我儘《わがまま》な茜を黙らせる力があった。

「ねえ、千景」

他に誰もいないロビーにリィさんの声が反響した。

「春桜《はるか》さん、死んだりしないよね」

その日、ハルちゃんは心臓移植手術のためのレシピエントの登録をした。あれから一年が過ぎたけど、ハルちゃんの命の順番はまだ回ってこない。

ハルちゃんは心臓が悪い。放っておくと心臓が風船のように膨《ふく》らんでしまう病気だ。

だから亡くなった方から元気な心臓をいただいて心臓を交換するのだと移植についてお母さんが話してくれた時、うれしかった。やっとハルちゃんが元気になれる術《すべ》が見つかった。

けれど心臓は簡単に手に入るものではなかった。入院期間だけがずるずると長引いている。

お母さんは大好きだったはずの編集者の仕事を辞めて、同じ会社で時間の融通がきく部署のパート従業員になった。夕飯が時々手抜き料理になった。唯我独尊を絵に描いたような茜が、スーパーの惣菜に文句を言わなくなった。茜は料理の本を読み始め、僕は洗濯と掃除を請け負った。

茜はハルちゃんの病気のことも心臓移植のことも詳しくお母さんに聞いていたけれど、僕は怖くて聞けなかった。

「マカロン、もっと食べていいよ」

ハルちゃんの声で我に返った。

「ありがとう。おいしいね」

「リイが持ってきてくれたの。フランスの有名なお店のものなんだって」

「マカロンって、フランス語かな」

「イタリア語が語源って聞いたことあるわ」

「フランスのお菓子なのに？」

「そうねえ。勝手にフランスの人が、これはフランスのお菓子だって言っていたりしてね」

「でもおいしいからいっか」

「そうね。おいしいからいいよ」

ハルちゃんの白い頬にえくぼができる。僕も笑うとえくぼができる。お父さんにもお母さんにも茜にもえくぼはないから、これは僕とハルちゃんだけのお揃いだ。

ノックの後でハルちゃんの主治医の先生が入ってきた。僕を見て、おやっという顔をした。

「あれ、先生髪切ったのね」

ハルちゃんが指摘すると、先生の視線が僕から離れた。

「ええ。どうですか」

「似合ってる。若く見えるわ。写真撮らせて」

ハルちゃんが声を弾《はず》ませると、准教授先生はモデルさんに褒められてうれしいな、とダンディーな声で言った。

ハルちゃんが一番好きなことは写真を撮ることだ。床頭台《しょうとうだい》に置かれている古い《ライカ》を取ると、先生がポーズを取った。

「カッコイイよ、先生」

ハルちゃんのライカはＭ６という種類だ。飾り気のない真っ黒のボディ。唯一のポイントの赤いマークには傷がついて〝ＬＥＩＣＡ〟が〝ＬＩＣＡ〟になってしまっている。茜がデジカメを買いなよと言っても、ハルちゃんはそのフィルムカメラを手放そうとしない。

僕もそのライカが好きだ。シャッター音は、電子音よりも〝時をとらえた〟気がするし、フィルムを送る、ガッチャって音も、一枚の写真を大切にしてくれているようでいい。

それから先生とハルちゃんはしばらく薬の話をしていた。聞き慣れない片仮名が飛び交っている中には加われないので、椅子に座ったまま適当に視線を流した。

窓辺の棚の上、リィさんが表紙を飾っている雑誌の上に、薄紫色をした封筒がのっていた。切手が貼られているのに住所も名前も書かれていなかった。その上を、虹色の光がゆらゆら揺れる。窓辺に吊るされたクリスタルのモビールもお見舞いに来た人が飾っていった。

ハルちゃんのもとにはたくさんの人が訪れる。休日には病室の前に列でもできそうな勢いだ。ハルちゃんを慕う人たちが置いていく贈り物で溢れている病室を見渡して、少し羨《うらや》ましく思った。ハルちゃんは誰からも愛されている。

「千景。お昼ごはん、何か買っておいで」

先生が出て行ってしまうと、ハルちゃんは床頭台の引き出しから財布を出した。

「ねえ、ハルちゃん。これ、ついでに出してこようか？」

窓辺に置かれた薄紫色の封筒を取った。裏を見ると「牧村春桜」と明記されている。

「住所書いちゃいなよ」

オーバーテーブルの上に置くと、ハルちゃんの顔に陰が落ちた。何かまずいことを言ってしまっただろうか。

ハルちゃんはしばらく宛名のない手紙を見つめた後、ゆっくりとした動作で財布が入っていた引き出しから白い手帳を取り出した。

「わからないのよ」

手帳を開くハルちゃんの手は白く透き通っていて、向こう側が見えてしまいそうだ。その頼りない手が手帳に挟まれていた一枚のメモを抜き取った。よれたメモにはハルちゃんの字で二つの住所が書き込まれていた。どちらも大阪だった。

メモの上には『羽田秋葉』と書かれている。

「はねだ　あきは、さん？」

はねだあきは、という響きが一瞬頭の中で光った。けれど流れ星のようにすぐに消えてしまい、その尾を摑めなかった。

「ハルちゃんが春の桜で、この人は秋の葉。似たような名前だね」

顔を上げたハルちゃんが、突然相好《そうごう》を崩すから、一瞬泣いてしまったのかと思った。

「そう。それでね、彼の妹さんが夏芽《なつめ》ちゃんっていうのよ。夏の芽」

「お母さんの冬の月を合わせたら春夏秋冬だ」

「そう。春夏秋冬」

僕の言葉を繰り返してから、ハルちゃんはもう一度、開いた輪っかを閉じるような口調で「春夏秋冬」と呟いた。

メモに書かれた『羽田秋葉』の名前をハルちゃんの細い指先が撫《な》ぜた。何気ないほんの些細な仕草だったのに、その指先が僕の心臓を打ち抜いた。理解は唐突だった。ハルちゃんはみんなから愛されているけれど、特別な人はいないってずっと思っていたのに。

「彼がいま、どちらの住所に住んでいるのかわからないの。もしかしたら、他に引っ越しているかもしれないし」

「そうなんだ…」

「だからこれはいいの」

ハルちゃんはいつもの笑顔に戻って手紙を取ると、手帳に挟んでそれを床頭台の引き出しへ戻そうと体を捻った。

たったそれだけの動作なのに、ハルちゃんは突然うな垂れて固まった。

「ハルちゃん！」

ハルちゃんの体に触れると、全身がどくどくと脈打っているのが手のひらから感じ取れた。ハルちゃんの風船心臓が膨らんでいく。今弾けてしまったらどうしよう。

ハルちゃんの眩暈《めまい》や動悸は今に始まったわけじゃない。日常の些細な動作ですぐに息を切らしてしまうし顔色はいつも悪い。暑い夏はぐったりしているし、寒い冬はもっとぐったりしている。

だから内心、リィさんみたいなモデルの仕事をハルちゃんが学生時代にしていたなんて想像もつかない。普通に大学へ通っていたこともひとり暮らししていたことも信じられない。僕の中のハルちゃんはいつだって白いシーツの上で微笑んでいるだけだ。

「ありがとう、千景」

少しすると呼吸は整ったけれど、額に汗が滲《にじ》んでいた。

「大丈夫だから。そんな顔しないの」

ハルちゃんに頬を撫でられると鼻先がつんと痛んで、涙が溢れそうになった。

「なにがあったの、千景」

本当に泣き出しそうになった。

けれど次の瞬間、部屋の扉が開き先生と看護師さんが飛び込んできた。

「牧村さん、大丈夫？」

「心電図のモニターが乱れていたけど、何かしていた？」

僕は慌ててハルちゃんから離れる。その時、ベッドの下に落ちていた白い手帳に気づいて拾い上げた。

先生は心電図とエコーを撮ろうと言い、機械を取りに慌ただしく部屋を出て行った。

「千景くん、ごめんね。ちょっと出ていてくれるかな」

看護師さんの手を借りて、ハルちゃんはベッドに寝かされる。誰かの手に身を委ねるハルちゃんは、唐突に違う世界の住人になってしまう。

突進してくるように室内に大きな機械が運び込まれてきた。他の先生も違う機械を押して入ってくるから追い立てられるようにして部屋を出た。白衣の壁の隙間から見えたハルちゃんが薄く笑んでいたので笑い返そうとしたけれど、その前に部屋の扉は閉じられた。

ピッ、ピッ、と鼓動の音が聞こえる。ケアルームにあるモニター画面に映し出されている心電図の波形のひとつは、ハルちゃんの命の波だ。部屋でハルちゃんが呼吸を乱せば、ハルちゃんの体に貼られている電極から電波が飛んで、ケアルームのモニター画面の波形が乱れる仕組みだ。

きっとその波は、台風情報を叫ぶ記者の後ろで荒れ狂う黒い波のような不吉な形をしているのだろう。その波はやがて高くせり上がって、ハルちゃんを攫《さら》って行く。僕は、その波打ち際にぽつんと置いて行かれたような気がした。


僕は明日、死のうと決めた。

ハルちゃんにこの心臓をあげられたらいいのに。

児童公園の隅にあるプラスチック製のキッズハウスの中で、そう決意した。

小学校へ上がる前、妹と葉っぱや泥団子を持ち寄って家族ごっこを繰り広げたテーブルの上には、細かく引き裂かれた教科書の残骸がチャーハンみたいに盛られている。

クラスメイトから蹂躙《じゅうりん》された教科書を人間シュレッダーと化して引き裂く行為は、自殺への通過儀礼のようだった。

あとは遺書を書いておこう。

鞄の中からペンケースを取り出すと、僕の喪失感や羞恥《しゅうち》心は更に深まり、色濃く匂う。

ペンケースに描かれたアニメのキャラクターの両目には仄暗《ほのぐら》い穴が開いてしまっている。コンパスを振り回したクラスメイトからの集団リンチを受けた僕のヒーローは、無残な殉職を遂げた。夏休み、お母さんのお手伝いをたくさんして偉かったから、ご褒美《ほうび》よ、とハルちゃんが通信販売で買ってくれたものだったのに。

シャープペンを取ると、いじめに加わった連中の名前をノートに書き連ねた。途中で何度も芯が折れた。

『お父さん、お母さん、うらむなら、こいつらをうらんでください』

最後に別れを告げたい人をめぐって逡巡《しゅんじゅん》する時間はいらない。人生にたったひとつ光るものがあるならば、ハルちゃんしかいないからだ。

『ハルちゃん、早く元気になってください。心臓が早くみつかることをいのっています』

ノートを閉じ、ペンケースと一緒に鞄の中に突っ込んだ。テーブルの上に積み上げられた負の遺産を掻き集めようとしたけれど、面倒になってやめた。

鞄を背負うと砂まみれのキッズハウスから飛び出した。

2

シャイニーピンクの財布と、白い手帳を持って病棟の外へ出た。

見上げた病室の窓に引かれた白いカーテンは沈黙している。あの中でハルちゃんは何をされているのだろう。あのカーテンの向こう側にハルちゃんを隠してしまう理不尽な大人たちが嫌いだ。

　白い手帳に挟まれたメモを開いた。大阪府の住所をじっと見つめた後、思い立って売店とは逆に走った。

　外来棟の待合室の一角には患者さん用のパソコンが並んでいる。大人たちが難しい話をしている間、僕と茜はここでよくオンラインゲームをして遊んでいる。ハルちゃんに会えること以外、退屈な病院の中で唯一暇を潰せる場所だ。

　路線検索に住所を打ち込んで、出てきた結果を手帳に書き記した。

　ハルちゃんの財布にはある程度の額が入っていた。ポケットの中には塾の月謝だってある。素早くパソコンの電源を落とすと、来た道を走った。

　僕は明日死ぬ。

　これが大好きなハルちゃんのためにできる最後のことなのだ。

　ハルちゃんのためにできることを見つけられた使命感と、健康体のくせに自殺しようとしている罪悪感が僕の中に眠っていた活力を呼び起こした。学校ではカチコチのマネキンに徹していたけれど、中身はまだ人間だったらしい。

　手にしている財布がかわいすぎるのが気になって、売店で紙袋を買った。

　もう一度見上げた病室のカーテンはまだ閉じられたままだった。僕は心の中でハルちゃんに向かって「行ってくるね」と呟いて、病院を出た。

東京駅から東海道新幹線に乗車する。平日の昼過ぎの車内は空いていたけれど、入ってすぐ目についた席に座った。手帳に載っている路線図を見ながら順路を何度も頭で繰り返す。

新大阪に着いたらまずは地下鉄だ。御堂筋線、中央線。降りる駅は。それから。思考をフル回転させていないと緊張に押し潰されて正気を保てそうにない。

初めてひとりで新幹線に乗った。学校をサボって、塾の月謝に手をつけて、大阪に行こうとしている。今日一日で三年分くらいの初体験を進行形で実行中だ。

車内の時計は一時。午後の授業が始まった頃だ。給食の時間は地獄だった。ひとりにさせてもらえるならまだいい。担任の目を欺《あざむ》くために無理やり輪の中に押し込められると、不人気な食材を容赦なく皿の中に放りこまれた。僕は偏食ではないけれど、大抵の子供が嫌いなものは同じように嫌いなのだ。苦痛に顔を歪める僕を見てクラスの連中ははしゃいだ。

呼吸が苦しくなってきて、ホームで買ったペットボトルを開けた。お茶で喉を潤してから、心を落ちつけるように窓の外に目を向けた。流れていくビル。家。ビル。家。アンテナ。家。家。家。東京から離れていくことを、景色は静かに視覚に教えてくれる。

車窓の景色に緑が多くなる頃、僕の心は完全に旅人になっていた。

緊張はいつしか心地よい高揚に変わり、低学年の頃、よくハルちゃんが読み聞かせをしてくれた《銀河鉄道の夜》の物語を思い出した。自分が物語の主人公のジョバンニになったつもりで、白鳥の停車場やアルビレオの観測所はどこだっただろうと空想した。もうすぐ蠍《さそり》の火が見えてくる頃だろうか。

僕は《銀河鉄道の夜》に出てくる〝ほんとうの幸〟という言葉が好きだ。

青空を走る一本の飛行機雲を見上げた時、冬の明け方に温かい布団の中で雨音を聞いた時、桜並木を通りぬけていく風の中に立っている時、幾万の言葉が一斉に降り注ぐ一瞬の感動の傍らで、その言葉が鼓動を打つ。

ますますジョバンニになったつもりで空想を繰り広げた。けれどすぐに分厚い壁にぶち当たった。僕には連れ合いがいない。カンパネルラのような友人はいないのだ。膨らんだ喜びは一瞬でしぼんでしまった。

行き場を失くした空想を埋めるつもりで、手紙の届け先である『羽田秋葉』のことを考えた。東京から出たことのないハルちゃんと大阪の人はどうやって出会ったのだろう。

斜め前の座席のおじさんが手にしている携帯電話に目が留まったけれど、出会い系はハルちゃんに限ってありえない。モデル仲間だろうか。だったらリィさんが聞かなくてもべらべら喋っているはずだ。

大学の頃の人だろうか。大学なら全国から人が集まってくる。ハルちゃんは病気で中退してしまったけれど三年間は通っていたのだ。

「はねだ　あきは、か」

二人を繋ぐ距離を、僕は今駆け抜けている。

ハルちゃんは何を書いたんだろう。気になって封筒に触れてみたけれど、しっかりと封がされていた。

この人が来てくれたら、ハルちゃんは元気になるかもしれない。

京都を過ぎる頃、『羽田秋葉』に縋《すが》るような思いを抱くようになっていた。


新大阪のホームに降り立った途端、関西弁の応酬が容赦なく襲いかかってきた。

駅員さんに地下鉄の場所を聞くと、その人ももちろん関西弁の使い手だ。

「御堂筋線乗り場はあちらです」

発音の高いところの位置が違う。アクセントの違いは異国の言葉のようだ。人の顔まで違って見える。僕はいかにも東京人に見えるだろうか。そう思うと怖くなって、頭を下げると足早に地下鉄に向かった。

地下鉄の中は異世界だった。老人も子供もギャルもオバちゃんも学生もサラリーマンも、揃って流暢な関西弁を喋りまくっている。こんな異世界に、こんな小さな紙袋ひとつで乗り込んできた自分が、勇敢にすら思えた。

本町駅で電車を降り中央線に乗り換えた。

目的の駅に着くと時間は四時半になっていた。今日中に帰らなければお母さんにハルちゃんが叱られる。

同じ家に住んでいながらお客さんのように気を使うハルちゃんと、病気のハルちゃんを露骨に煩わしく扱うお母さんとの関係が今のように穏やかになったのは、最近になってからだ。ハルちゃんの病気に心臓移植以外の余地がなくなって、お母さんは観念するようにハルちゃんに対する態度を軟化させた。

地上へ出ると頭の上を横切る高速道路の下を通り抜け、駅員さんが教えてくれた方向へ小走りで進む。道行く人に何度か尋ねながら辿り着いたのはお世辞にも流行っていそうとは言えない町工場だった。磨《す》りガラスには『前原製作所』と白い字で書いてある。前原？　羽田じゃないのか。

愕然《がくぜん》として立ち尽くしていると、おもむろに扉が開き、中からデニムのエプロンをかけたおじさんが出てきた。ぽかんとしている僕に、おじさんは訝《いぶか》しげな視線を向けた。

「なんや、坊主」

さっきまで聞いていた関西弁はお笑い番組のような軽快さだったのに、いきなり極道映画にチャンネルが変わってしまった。

「おい、何か用か」

「は、ハネダ、アキハ、という方はいますか？」

アクセントを意識したせいで、ロボットのように言葉にスタッカートがついてしまった。

「ハネダなんてやつ、おらんぞ」

「ここに住んで、いませんか」

「ここは工場だけや」

五八〇キロの道のりも知らずに、おじさんはあっさりと言い放つと取り出したたばこに火をつけた。外したくない焦りから、僕は白い手帳に挟んであったメモを出して詰め寄った。

「これ、ここの住所ですよね！」

「坊主、おまえ東京もんか」

「羽田秋葉《はねだあきは》さんに会いたいんです！」

僕の声で奥から数人のおじさんがわらわらと出てきた。

「よお、どないしてん」

「この坊主が人探ししとるみたいやわ」

「おい坊主。いま、秋葉って言うたか」

グレーの作業着を着たおじさんが前へ出てくる。僕はメモを突き出した。おじさんはメモと僕を交互に見た。

「坊主、秋ちゃんのなんや」

「知ってるんですか？」

「ああ。秋ちゃんはガキん頃ここに住んでてん。わしゃずっとここやから、よお知っとる」

「羽田秋葉さんに渡したいものがあって来ました」

「筒井秋葉ちゃうんか？」

「ツツイ？」

「ああ、そうや。おかみさん確か再婚したんやったかな…」

おじさんは神妙な顔をして自分の顎《あご》を撫でる。しばらく逡巡した後、探るような目で僕を見ながら言った。

「坊主。そのもうひとつの住所に行く前に駅の向こうにある〝酒のひょうどう〟ちゅう酒屋に行ってみ」

おじさんはたばこを口に咥《くわ》えながら続けた。

「秋ちゃんが〝ひょうどう〟に入り浸っとるって、昔うちのオカアチャンが言うとったわ。もしかしたら何や知っとるかもしれん。Ｓ中っちゅうのを目指して行ったらわかると思うで」

「駅の手前にな、地下道あるからそこ行って出たら右行って、大きな交差点渡ってから左やで。右行って左やからな」

「坊主、わかったか」

曖昧に頷《うなず》くと、おじさんのひとりが、空になったたばこの箱を破いて、広げた裏に地図を書いてくれた。

「ありがとうございます」

「坊主、一体何を渡しに来たんや。はるばる東京から」

僕は安堵の勢いに任せて適当な理由を並べてその場を立ち去った。

あんなに流暢に嘘をついたのは初めてだ。茜が聞いていたらびっくりしただろう。誰も僕を知らない土地というのはいい。何にでもなれる気がする。僕の傍《そば》にはいつだってお父さんとお母さんと茜がいる。学校にも家族にも所属しない自分って、なんだか軽い。

地図の通りに進むと中学校のグラウンドに面した通りに出た。フェンスの内側では生徒たちがサッカーをやっていた。中学に入ったらサッカー部に入ろうと決めていた。

でも、僕に『中学生のぼく』はない。僕は僕の手で明日『中学生のぼく』を殺してしまうからだ。

死ぬって、そういうことだ。

中学生のぼくも、高校生のぼくも、小学生のぼくが殺してしまう。明日の僕は、明後日の僕を奪う。もしも昨日死のうと思いついていたら、今日ここにいなかった。

今この場でそのことを考えたって仕方がない。僕は視線をグラウンドから離した。するると、車椅子に座ったセーラー服姿の女の子が目に留まった。茜のような長くて真っ直ぐな黒髪がグラウンドから吹き抜けてくる風に揺れている。風がやってくる方向を一心に見つめていた。

茜と同じような髪型をしているけれど、茜よりずっと美人だ。車椅子で学校へ通っているのだろうか。付き添いの人がいなくていいのか、何かに困っているのではないだろうか、と心配になった。

不躾《ぶしつけ》な視線に気づいたのか、突然彼女がこちらを向いた。茜より大きな目で、茜より鋭く睨《にら》みつけてくる。立ち止まったらそれこそ何を言われるかわからないので、平静を装ってそそくさと彼女の後ろを通りすぎた。呼び止められたらどうしようと、どきどきした。

「ゴールッ！」

グラウンドから声が上がると散らばっていた人間がゴール前に集まってくる。ちらりと振り返ると、彼女から白い歯が零《こぼ》れて見えた。けれど瞬時に僕の視線をキャッチしたのか、また鬼のような形相で睨みつけられた。

3

街並みが住宅街から商店街に変わっていたのに気づかなかった。先ほどの子のことが頭から離れないでいた。白い歯が垣間見えたあの瞬間、とてもかわいかった。笑ってればかわいいのに、もったいないないと思った。

後ろで軽トラックが止まった。その音を聞きつけたかのように、通りの店から出てきた人が上げた声に、僕は飛び上がらんばかりに驚いた。

「おかえりなさい、アキハ」

振り返ると、軽トラックの中から頭に白いタオルを巻いたTシャツ姿の男の人が降りてくる。車の脇に立った女の人に声を掛けると荷台の空瓶を降ろしてまた運転席に戻っていく。

「車に置いたら店番頼むで。私、ナツメちゃんを迎えに行ってくるわ」

ビンゴの最後の数字を告げられたような衝撃を受けて僕はその場に立ち尽くした。

突然飛び出してきた僥倖《ぎょうこう》に戸惑っていると、〝酒のひょうどう〟と荷台に書かれた軽トラックが目の前を通り過ぎていってしまう。チャンスの神様の前髪を摑み損ねないように慌てて駆け出した。

通りの裏にある駐車場で車はバックの態勢に入っていた。運転席から顔を出してハンドル操作している人を見て、僕は自分の目を疑った。

ハルちゃんのお見舞いに来る男の人たちは、みんな一様におしゃれで、メガネか帽子か爪先の尖った靴がよく似合うハンサムが多い。もしくはエディターやフォトグラファー、スタイリストなんて職業に就いている個性的な人たち。想像していた『羽田秋葉』はそのヒエラルキーの頂点に立っているはずだった。けれど、トラックから降りてきた彼は、ひょろりと背が高いだけで、あとは強烈な印象のない、びっくりするほど平凡な男性だった。

彼は車の鍵をポケットに入れながら、一度空を見上げ、それから僕に気づいて、けれど関心のない顔をして前を通り過ぎていった。

ハルちゃん。本当にこの人？

彼が店へ入るのと入れ違いに、彼を出迎えた女の人が通りへと出ていった。まさかあの人、奥さん？

病室に一年以上も拘束されているハルちゃんの姿が目に浮かぶと、その選択肢は丸めて捨てた。それじゃあ、ハルちゃんが可哀相すぎる。

僕はしばらく迷ってから、思い切って店に入ってみることにした。

「いらっしゃい」

レジ前に立つ彼が顔を上げた。その視線から逃げるように店の奥の冷蔵ケースへ向かう。白いタオルを頭に巻いたままの彼は、陳列棚の陰から覗き見ている僕の熱い視線に気づく様子もなく、開いたノートに何かを書き込んでいる。

紙袋の中に視線を落とした。白い手帳に挟まれた薄紫色の封筒。切手を貼ったのに、宛名を書けなかった手紙。生きる準備はできているのに生きる術がないハルちゃんそのものみたいだ。

僕は袋の中に手を入れた。相手が冴えない酒屋さんだからって、この手紙を『羽田秋葉』に渡さずには帰れない。

「坊主！　何してんねんっ」

突然の咆哮《ほうこう》に驚いて振り返ろうとした瞬間にはもう、僕の腕は取り上げられていた。

「また万引きかっ。S中生やろ。あ？　何年やっ」

法隆寺の金剛力士阿形像《あぎょうぞう》のような顔を真っ赤にしたおじさんが捲《まく》し立てる声が、いやな記憶の皮を剝《は》がした。

クラスの連中の命令で、本屋で万引きの見張りをやらされた。おどおどしていた僕は今のように捕まえられて本屋の奥へと連行された。持ち物の中に商品がなかったので無罪放免になったけれど、理不尽な罪を着せられる恐怖は体に焼き付いた。

あの時から僕は、自殺を考えるようになった。

「おっちゃん、待って。こいつ、何も盗んでないやん。ほら、袋見てみ」

ほら、と万引きの証拠がない中身を店主に見せていたのは羽田秋葉だった。

「おっちゃん、敏感になりすぎや」

「うわ、ほんまや。すまんかったな、坊主」

拘束されていた腕が解かれると、一目散に店の隅まで逃げた。痛めつけられるのはこりごりだ。怒鳴られるのも責められるのもこりごりだ。

「坊主、すまんかった」

金剛力士が寄ってきても、僕は動けなかった。

どうして自分がいじめられているのか、僕は知らない。ある日、何の前触れも号令もなく、僕の周りから一斉に人が消えた。どこからともなく、ひとつ礫《つぶて》が飛んできた。痛いと声を上げても、僕の声は誰にも聞こえなくなっていた。

礫はひとつ増え、ふたつ増える。隠微《いんび》な影はすぐに、少し離れたところにいる集団の中に溶けてしまった。追いかけようとすると、また礫が飛んできて、やがて、礫は銃弾に、そして砲弾へと変わった。

「悪かったな。ほんまに、堪忍な」

　野太い雑な声とは違う、穏やかな声が降ってくる。

　目線を上げると、紙袋がぶら下がっていた。僕はそれを奪い取ると抱えこんで、後はじっと爪先を睨みつけていた。黙り込んだまま動かないでいる僕の扱いに大人たちが面倒になってきた頃、親しげな女の子の声が店に響いた。

「あら、カイドーくんやんか」

「この坊主、夏芽ちゃんの友達なんか」

「そうや。小学校の同級生や。いや、懐かしいわぁ。カイドーくん久しぶり」

　顔を上げると、車椅子に座った女の子が瞳をしならせた。カイドーくんて誰だ。僕か。

「東京に転校したはずやのにどうしたん。もしかして、あたしに会いに来てくれたん？うれしい。な、な、東京の話聞かせて」

　わけのわからないことを、彼女は用意された台詞を読むようにすらすら喋る。

「なんや、夏芽ちゃんに会いに来やったんか。そりゃ余計に申し訳なかったな」

「ええねんええねん、おっちゃん。カイドーくんっていつもおどおどしとるから、小学校の頃もよく、無実の罪で叱られててん。なよなよしとるからあかんねん」

「そやなあ。男のくせに色白やし、女の子みたいな大きな目しとるし。カイドーくん、もうちょっと食った方がええで。そや、晩飯食っていき」

「お父さん、急に誘ったら悪いわ」

「ええやんか。おっちゃんに罪滅ぼしさせてや」

金剛力士がニンマリ笑って顔を近づけてくる。僕は口を噤《つぐ》んだまま女の子の方へ視線を向けた。一瞬、大人たちの隙をついて彼女が目配せしてくる。さまざまな脅迫の言葉を綯《な》い交ぜにした傲岸《ごうがん》極まりない視線だ。

僕は金剛力士に向かって首を縦に振った。いじめられっ子特有の、察知能力プラス条件反射だ。

「ほんまに？　ええの、カイドーくん。ご両親は？」

「いいんです。両親も、な、ナツメさんとゆっくり話してきたらって、言ってましたから」

「ほんなら泊まってく？」

彼女が車椅子ごとにじり寄ってくる。勝気な目と狡猾そうな唇。何を企んでいるのかさっぱりわからない。けれど彼女の姦計《かんけい》を孕《はら》んだ笑みは堂に入っている。ここから逃げ出す策を必死に巡らせるけれど、テンポが全然間に合わない。

「ほんなら、何にしようか。ねえ、カイドーくん、カイドーくんは何が好き？」

「肉にしたって、理央ちゃん。カイドーくん、軟弱やから力つけんと」

「じゃ、私は買い物に行ってくるわ。カイドーくん、お母さんに連絡しときや」

「わしゃ布団の用意したろな。カイドーくん、ゆっくりしてき」

「カイドーくん、ええんか？」

「ええねん。な、カイドーくん」

唯一僕に意見を求めてくれた秋葉さんの気遣いも蹴飛ばされた。反論の言葉を喉元で転がしている間に、店の扉が開くと入ってきた客に呼ばれて秋葉さんも行ってしまった。大人たちがいなくなり、店の一角に僕と女の子だけが残った。

「あたし、羽田夏芽いうねん。あんた、何しに来たん。あの人に頼まれたんか」

今更の自己紹介と突然、核心に放り込まれて顔を上げた。夏芽は挑むような目を向けてくる。

「あんた、牧村春桜のなに？」

「ハ、ハルちゃんを知ってるの！」

声を荒らげると夏芽の鉄拳が腹部に突き刺さった。

「あほ！　大声出すな。お兄ちゃんに聞こえたらどうすんねん」

「ご、ごめん…」

「奥に行くで。手え貸し」

夏芽が車椅子のブレーキを外す。僕は後ろに回って車椅子を押した。上下関係が、すでにできあがっていた。

店舗の奥は住居になっていた。居間へは上がらず、土間を通り抜けて広い庭へ出た。庭の一角に物置のような小屋が建っていた。その場しのぎのプレハブのような建物だった。

夏芽が母屋の二階に向かっておじさんを呼ぶと、ドタバタとうるさい音を立てて金剛力士顔のおじさんが降りてくる。サンダルを突っかけて縁側から降りてくると、慣れた手つきで夏芽を担ぎ上げた。おじさんは夏芽を部屋の中の椅子に座らせると、赤い車椅子のタイヤを、入り口に置かれていた雑巾できれいに拭いてから室内に入れ、また夏芽をそこに座らせた。一連の動作は手際がいい。

「ありがと、おっちゃん」

「積もる話もあるやろ。ゆっくりしてきや。夕飯できたら呼んだるからな」

「すみません」

殊勝に頭を下げると、おじさんはぐぐぐと笑った。

「カイドーくん、夏芽ちゃんに変な気起こしたらあかんで。おっちゃん、店におるけど、ピーンって察知するさかいな」

「変なこと言わんといてよ。カイドーくんがそんな勇敢なことできるわけないやろ」

「男に油断したらあかん。まあ、おっちゃんの前に秋ちゃんが気づくやろな。秋ちゃ

ん は怖いでえ。殺されんで」

「その前にあたしが殺したるわ」

ふたりして物凄く失礼なことを言っていることに気づいていないのだろうか。僕が夏芽を襲うことが前提で、僕が殺されることは決定なのか。

おじさんが出て行って扉が閉まった。瞬間、和んでいた空気は一瞬にして凍りついた。

「ウーロン茶」

「は？」

「冷蔵庫ある。ウーロン茶取って来て。あんたも飲んでええで」

夏芽の表情はいじめっ子モード全開だ。どうしていじめっ子はいつも不機嫌そうな顔をしているのだろう。

それでも僕は言われた通り冷蔵庫からウーロン茶の缶を二本出し、コップ、と命ぜられるままに、食器棚からスヌーピーのコップを出し、丁寧にウーロン茶を注いで夏芽に渡した。赤い車椅子は、まるで玉座だ。

中に入ると外から見るより広く感じられた。入り口の奥にも、もう一部屋ある。開いたままの扉から垣間見える様子からして寝室らしい。

広く感じるのは、極端に物がないからだ。仕切のない室内には椅子がひとつしかない食卓と、テレビと、食器棚とチェストしかない。チェストの上には小さな仏壇があった。一枚の写真に対してコップがふたつ上がっている。写真の隣には、ピンク色の飾りがあった。目を凝らすと、ハルちゃんがよく折ってくれる立体的な動物の形の折り紙に似ていた。うさぎ、だろうか。

「あんた、牧村春桜のなに」

遠慮なく部屋を見渡している僕を戒《いまし》めるように夏芽の声が飛んだ。

「どうしてハルちゃんを知ってるの？　君は羽田秋葉の妹？　カイドーくんって、」

「あたしが聞いてんねん」

僕の疑問を夏芽が叩き落とした。

「甥《おい》だよ。ハルちゃんのお姉さんが、僕の母親」

「ふうん。それで？　お兄ちゃんを返せって？」

「返せってどういうこと？」

質問に質問で返すことは許されない。夏芽の鋭い眼差しがそう言っている。

「僕はハルちゃんと羽田秋葉がどういう関係かも知らない。ただ、」

手紙のことを告げようとして、瞬時に口を閉じた。夏芽の目が光る。

「ただ、気になって」

「なにが」

夏芽は僕の嘘を半分察知している。誤魔化すためにメモを出した。

「ハルちゃんから借りた本に挟まっていたんだ。大阪に知り合いがいるなんて聞いたことがなかったたし、こんな名前の友達も知らない。それで気になって」

「それだけで大阪まで来たん？　あんた、正真正銘のあほやな」

僕は口を噤《つぐ》んだ。これ以上言ってボロが出てしまうことを恐れた。

「気になっただけ？　ほんまに牧村春桜になんも言われてないん」

「言われてない。それよりハルちゃんのこと呼び捨てにするなよ」

「あんたもお兄ちゃんのこと呼び捨てにしたやろ」

「なんて呼んでいいかわかんないからだよ」

「あたしやってそうや！」

女帝さながらの夏芽の様子が一変した。夏芽は何か後ろめたいことでもあるように、僕から視線を逸《そ》らした。

「君はハルちゃんを知っているの？　どうして僕がハルちゃんと繋がっているってわかった？」

「写真や」

夏芽はこちらを見ずに言った。

「あんたがお兄ちゃんと写った写真、見たことある」

「僕と、秋葉さんが？」

「お兄ちゃんはあんたに気づいてへんかったみたいやけど、あたしはすぐにわかったわ」

「じゃあどうしてカイドーくんなんて言ったんだよ」

夏芽は黙った。

「秋葉さんに気づいてほしくないってこと？」

夏芽が仏頂面で頷いた。

部屋が暗くなっていくので僕は立ち上がり、玄関の脇にある電灯のスイッチを入れた。部屋はパッと明るくなった。その光が奥の部屋にある書棚へも届いた。

「秋葉さんに聞いてもいいかな」

「何を…」

ハルちゃんは人から愛されることはあっても、人を恐れさせる人じゃない。けれど夏芽は、明らかに僕の後ろにいるハルちゃんの影に、恐怖めいたものを感じている。

明るくなった部屋を横切って、奥の部屋へ足を踏み入れると、夏芽がヒステリックな声を上げた。その部屋にはベッドと書棚が置かれていた。

「勝手にひとの家、歩き回るなっ」

夏芽が背後で喚いた。

「ハルちゃんのこと。知りたいんだ、ハルちゃんと秋葉さんのこと」

「あかん！　ほんまにあんたを殺すで」

「いいよ。僕は明日死ぬ」

「何言うてんの、あほちゃう」

「死ぬ前に知りたいんだ。ハルちゃんのこと」

「母親の妹やって言うたやんか」

「そうだよ。叔母さん。写真が好きで、ライカのＭ６を大事にしてる。天体が好きで宇宙にまつわる写真集を集めてる。ＳＦ小説が好きだとか言うけど、本当は少女マンガの方が大好きで矢沢あいを読むと泣いちゃうんだ。でも、ハルちゃんが一番好きな本はずっと決まってる」

夏芽の顔がみるみる青ざめていった。僕は書棚の前に立つ。

「ハルちゃんの本棚にそっくりだ」

大きな書棚に並べられていたのは、ライカの入門書やライカの情報誌、ハルちゃんが好きなカメラマンの風景の写真集。天体、星座、宇宙の写真集は並び順までハルちゃんと同じだ。ＳＦ小説の文庫本の水色の背表紙は、ハルちゃんのものはツルツルのピカピカだけれど、こちらの方は白く焼けていた。けれど作家のラインナップはまるで同じ。

その横に居心地悪そうに矢沢あいが並んでいた。ハルちゃんの書棚ではアーサー・C・クラークの方が、肩身が狭そうだった。そして宮沢賢治。同じタイトルの本が何冊も並んでいる様もまるで同じで、せつなくなった。

ハルちゃんの書棚にも何冊もあった。発行元や表紙のデザインが違うだけの《銀河鉄道の夜》。

日常に必要なものが足りていない部屋の中で、この書棚の大きさは異常だった。シールドを張って何かをじっと守っているかのように決然としている。それでいて透徹した硬い孤独に満ちている本たち。ここに夏芽が読む本は一冊もない気がした。

「ハルちゃんと秋葉さんは恋人同士だったのかな」

「そんなん、知ってどうすんねん」

「ハルちゃんにそんな人がいてくれたならうれしいと思うから」

見慣れた書棚が僕に勇気をくれる。夏芽は不機嫌に顔を顰《しか》めた。

「今はおらんの？　言い寄る男はいっぱいおるんちゃう？」

「ハルちゃんに恋人はいない。僕が知っている限り、ずっといない」

「あんたの知らんとこでおるわ、絶対」

「知らないところなんてないよ。ずっと一緒なんだから」

「あんたはガキやな。いくつなん？」

「小六。ガキって言うな。そんなに変わらないだろ」

「あたし中二。相手にならんわ」

また夏芽が調子を取り戻していく。

「ハルちゃんとはずっと一緒に暮らしているし、入院ばっかりしているから、恋人なんていたらすぐにわかる」

ハルちゃんのことをいろいろ知っているような口調だったのに、入院と聞いた夏芽はきょとんとした。

「病気、なん」

頷き掛けた瞬間、唐突に玄関の扉が開いた。僕らは揃って肩を上げた。

「カイドーくん、お菓子買ってきたで。夕飯までこれ食べとってな」

不躾な闖入者《ちんにゅうしゃ》は、先ほど酒屋の娘と名乗った兵頭理央さんだ。理央さんはスーパーの袋を玄関に置くと、にこっと笑った。茶色く染めたボブカットの髪をサラサラと揺らして軽快に出て行った。

「ねえ、理央さんて、まさか秋葉さんと結婚してないよね」

「それよりお菓子」

一瞬前まで殊勝な面持ちをしていた夏芽が顎をしゃくった。一瞬で下僕《げぼく》に逆戻りだ。夏芽の後ろへ回り車椅子のグリップを握る。テレビ台にもチェストにもひっかけずにテーブルまで押していき、最後にブレーキをきちんとかけると夏芽は感心したように僕を見上げた。

「あんた、車椅子の知り合いでもおんの」

「ハルちゃんだよ。病院ではほとんど車椅子だから」

「足、悪いん」

怖々とした顔つきで夏芽が聞く。

「あの人、モデルやろ」

「見たことある？」

夏芽がこくんと頷いた。ハルちゃんの話になると、彼女は急に気弱になる。

「押し入れの中に雑誌やら写真やら手紙やら隠して持ってんねん、お兄ちゃん。それで牧村春桜はどこが悪いん」

「…心臓」

心臓、と言われて夏芽は訝しげな顔をした。車椅子は足が不自由な人間だけが乗るものだと、夏芽も思っているのだろうか。

「少し歩くだけで息が切れて動けなくなっちゃうんだ。だから移動は車椅子」

「それ、ほんまなん」

僕は頷いた。それから僕らは黙りこんで理央さんが置いていった菓子をぽりぽりと食べることに専念した。

4

やがて夜が来た。

お母さんが今頃どれほどの剣幕で怒り狂っているか想像するだけで震え上がる。ハルちゃんもお昼を買いに行ったまま戻ってこない僕を心配しているだろう。携帯電話に連絡を入れようかと思ったけれどやめた。家に電話を掛けるのは恐ろしくてできない。

正直今すぐにでも帰りたい。誰も僕を知らない土地は開放的だけど、見知らぬ他人の家は居心地が悪すぎる。自分をどう繕えばいいのかわからないし、正体をばらしたら夏芽に何をされるかわからない。

それでもぎりぎりのところで留まっているのは、ハルちゃんの手紙の行く先を決めかねているからだ。僕は昔からハルちゃんのためになると、いつもより少し自分を鼓舞することができた。

夕飯はいつもそうしているのか、酒屋の母屋に呼ばれた。

食卓で簡潔に理央さん親子と夏芽たちの関係を聞かされた。理央さんと羽田兄妹は幼馴染で三年前からこうして一緒に暮らしているらしい。

　僕は夏芽の小学校時代のクラスメイトのカイドー兼八と名乗った。事前に夏芽からこう名乗れと命じられていた。

「なんや坊主。お父ちゃん酒好きやろ」

　カイドーも兼八も焼酎の名前らしい。

　食卓はやたらと明るかった。金剛力士像にそっくりなおじさんは上機嫌で飲みまくり喋りまくり、僕にカルビを食えと勧めまくり、レバーも食えと皿にのせられ、酒も飲めと喚《わめ》いて理央さんにこっぴどく叱られた。

　テレビの点いていない食卓なのに、声が溢れていた。

　僕のお父さんはいつも帰りが遅い。電化製品の会社で技術開発をやっているらしいけれど、まだ言ってもわからないだろうと決めつけて、あまり自分のことを話さない。かといって、僕の日常を聞いてくるわけでもない。成績を気にする人でも、習い事の様子を尋ねる人でも、休日にキャッチボールをする人でもない。お母さんの尻に敷かれていると茜はよく言う。けれどお父さんが積極的にNOを口にしないことで我が家はうまく回っているのだと思っている。

　おじさんと理央さんと夏芽が一斉に喋る会話に巻き込まれながら、ちらちらと秋葉さんを観察した。

黒いTシャツにスウェットに着替えてから食卓に現れた秋葉さんは、向かい側に座ると「お母さんに連絡したか」と聞いた。

筋肉が程よくついた腕をしていた。お箸の持ち方はお手本のようで、肉と野菜を交互に食べ、時々ビールに口をつけた。積極的に会話に参加しないけれど、終始表情は和んでいるように見えた。

目の下にぷっくりした膨らみがあるところが夏芽とよく似ていた。けれど夏芽のような殺気は全く感じられない。穏やかで人の良さそうなお兄さん、といった感じだ。けれどガラスケースに入ったお人形のようなハルちゃんの隣に並べてみたいかと聞かれたら、解《げ》せない要素が多すぎる。

ちらちら観察が、じろじろ検証になっている僕を、テーブルの向こうから夏芽が容赦なく睨んでくる。

食事を終えると、理央さんと夏芽が一緒に風呂に入った。おじさんは酔っ払って二階で寝てしまった。夏芽たちが出た後で僕が入り、その後で秋葉さんが入った。

秋葉さんが風呂に行き、夏芽と理央さんが離れに消えてしまうと、とたんに居間は静まり返った。

電燈の点いた離れの曇りガラスを眺めながら、理央さんが出してくれた麦茶を啜った。

壁にかかっている時計を見上げると、九時を過ぎていた。いつも経験している夜九時と、今夜の九時はまるで違う。地上と銀河くらいに。

僕は今どこにいるのだろうと、一瞬わからなくなった。

Tシャツを貸してくれた秋葉さんが風呂から出てきた。黒い髪を乱暴に拭きながら僕の前に座った。

「僕も飲もうかな」

「あ、取ってきます」

「ええよ。自分でできるよ」

いつも誰かに命令されている条件反射で腰を上げた僕を、秋葉さんは優しく制し、冷蔵庫からガラスピッチャーを出して、シンクの水切りカゴの中からコップを持ってくると、また前に座った。僕の存在に慣れてきたからか、他に誰もいないからか、風呂が気持ちよかったからか、表情がほぐれている。

唐突に怒りが込み上げてきた。

「あー、うまい」

ハルちゃんは湯船に浸かることさえできないというのに、どうしてこの人は呑気に湯上がりの一杯を楽しんでいるのだろう。

牢獄のような病室で、ハルちゃんは自分で身体を拭くことさえできない。少し前はできていたけど、今は不整脈が出るので禁じられていた。身体は看護師さんに拭いてもらうのだ。

髪を洗うのは調子のいい日限定。これもまた看護師さんのお仕事。誰にでも遠慮するハルちゃんは、シャンプー、リンスをしてドライヤーまで掛けてくれる看護師さんの手間を慮《おもんぱか》ったのだろう、長かったきれいな髪を肩の上までばっさりと切った。

美容院に行けるわけもないので、素人のお母さんが切ったのだ。

いっぱい管を付けられて、いっぱい薬を入れられて、満足に歩くことも、人並みの生活も、個人の時間もない。モデルとして活躍していたはずなのに、今ではパジャマ以外着られないし、高いヒールの靴も履けない。新しくできたショッピングモールにも行けないいし、バーゲンなんて比喩ではなく戦場だ。

ハルちゃんの傍にはいつも病気が寄り添って、死が付きまとっている。

それなのに、羽田秋葉がのうのうと気分爽快になっているなんて、許せない。

「どれくらいこっちにおるん」

コップを置いた秋葉さんが尋ねてくる。

「両親の仕事で来たので数日は」

「そう。ご両親心配してなかったか」

「大丈夫です」

「夏芽の小学校は毎日行ってたのに。カイドーくんって覚えてなくてごめんな」

「いえ。影薄いですから」

食事の席で理央さんが、夏芽のクラスメイトにカイドーなんていたかなと突然言い出したので、僕は冷や汗をかくほど狼狽《ろうばい》した。夏芽は平然と嘘を言いまくり、『カイドーくん、こんなんやから影薄かったんよ』の一言で全員を丸めこんだ。

「でも夏芽に会いに来てくれたのはうれしいよ。ありがとう」

「秋葉さんの言葉、標準語になってる」

「そう？　言葉ってつられるんだよ。カイドーくんも一週間くらい関西にいたら関西弁になると思うよ」

外国に留学すると自然と英語に耳が慣れる、というのと同じ感覚だろうか。

秋葉さんが空になっている僕のコップに麦茶を注いで、自分のコップにも注ぎ足した。

「夏芽さんやおじさんたちはそうならなかったですけど」

「僕が東京に住んでいたことがあるからやな」

思い出している。

その、東京での時間を。

その横に、いたのだろうか。

僕は高揚を抑えつけるようにコップを両手で掴んだ。

「秋葉さんはいつ東京に住んでいたんですか」

「七年前。そうか、もう七年も前だ」

七年前、僕は小学校に上がっていないから、ハルちゃんは大学生だった。

ごくんと喉が鳴った。飲み込んだ熱い空気の塊が胃へと下降していくのがわかった。

「秋葉さん、僕ね」

夏芽のように瞬時に気のきく嘘が浮かばない自分に苛々《いらいら》する。頭の回転が悪い。だからおどおどしてしまう。そんなふうだからいじめられるのだと自虐的なことを思った。

「僕が大阪に来たのは、どうしても会いたい人がいたからなんですっ」

必死すぎて声が上擦《うわず》った。突然勢い込んだ僕に秋葉さんが戸惑った顔をする。

「夏芽さんじゃないですよ。夏芽さんにはその人とのことを相談していたので…」

「もしかしてカイドーくん、ご両親は大阪に来てへんのちゃう」

僕は頷く。秋葉さんは呆れたような溜息を吐いた。

「それはあかんな」

「でも僕は〝ほんとうの幸〟を見つけるために来たんです」

秋葉さんの動きが止まった。

冴えない瞳に、一瞬光が灯った。動物園の檻の中から愛嬌を振りまいていた動物が、突然野生化したようだった。

僕は息を飲んだ。ごくんと喉が鳴る。さっき飲み込んだのは興奮。今下降しているのは、恐怖。僕の存在を秋葉さんが気づいてしまったら夏芽に殺される。

こちらの緊張を知ってか知らずか、秋葉さんは濡れた前髪を掻き上げながら相好を崩した。そうすることで自分の中の何かを落ちつけているような仕草だった。

「それは恋か何かなん？」

「え？」

「そこまでして会いたい人」

僕はその人の良さそうな笑顔につられて首を縦に振った。

「へえ、恋か。意外だな」

「僕が恋をするのが変ですか」

「いや、君がやなくて、夏芽だよ」

「夏芽さんは恋をしないんですか」

「さあ。兄妹の間でそういう話はしないけど。でも夏芽の性格からして、恋の相談をされる器はないと思ってた」

思わず頷いてしまって、慌てて否定する。

「でも、夏芽さんにしか相談できなくて…だからここに…どうしても今じゃなきゃ…」

「それで、夏芽はいい回答をくれた？」

あんた殺すでと、率直な回答はもらった。

でも、やっぱり僕は、知りたい。

「秋葉さんは、恋をしていますか」

言ってから、映画のチラシに書かれたような陳腐な台詞に気づいて頬が熱くなった。

秋葉さんは子供の素朴な疑問に面食らったような顔をした。

「恋か…。最近してないなあ」

「どのくらい？」

「ずっとしてないな。なんかもう恋っていう響きが古き良き思い出のようやわ」

「その思い出の中の人って、どんな人ですか？」

秋葉さんの顔を強く見据えた。秋葉さんの眼差しが、過ぎていったいつかの時間に注がれたのを、僕は見逃さなかった。

カタカタカタと軋《きし》んだ音をさせながらフィルムが回転する。積もっていた時間の埃《ほこり》が遠心力で払われていくと、彼の記憶のスクリーンに3からカウントが表示された。

「僕に〝ほんとうの幸〟を教えてくれた人だよ」

第2章　春夏秋冬

1

春桜《はるか》は——牧村春桜は、春の夜空に輝くおとめ座のスピカのような人だった。

僕と春桜が出会ったのは、サークルの新入生歓迎コンパだった。それは日本中の四月ならどこにでもありふれている出会いだったけれど、出会った瞬間にプロポーズされた新入生男子は、日本中にどれくらいいるだろう。

僕がその平凡で何の教養もない、おまけに興味の欠片《かけら》もない、『キャンプサークル』に入ったのは桜咲く四月の講堂で、恋に落ちたからだった。

受験勉強だけに邁進《まいしん》してきた僕は、啓蟄《けいちつ》を過ぎてしばらくたった頃、暗い穴倉から春風の匂いに誘われて顔を出した瞬間に目にした美しい花に、あっという間に心を奪われてしまったのだ。

美少女は文学部一年の桐原麗奈《きりはられいな》という。彼女が『キャンプサークル』に入ったことを突き止めた僕は、間髪容《い》れずに入部したのだ。

同じ工学部のジンと一緒に意気揚々とコンパに出かけて行った。そもそも彼女の名前を突き止めたのも、このサークルに入ったとの情報を得たのもジンだった。

神命。ジンミコトと読む。ケッタイな名前だ。ふざけた親だなと思ったけれど、厚生労働省の官僚だそうだ。

入学式の前日、矢も盾もたまらずに工学部の実験棟を見に行くと、エントランスホールには歴代の卒業制作がずらりと展示されていた。天窓から柔らかな日差しが差し込んでいるだけのホールは、海底に沈んでしまった古代神殿のように静まり返っていた。

けれどそこには先客がいて、それがジンだった。無人探査機のモデル機を熱心に眺めていたジンは隣に僕が立ったことに気づいていないようだった。隣に並んでいるペンシルロケットのモデル機をガラスに張り付いて見ていると、しばらくしてジンの方から声をかけてきた。

ずけずけものを言うジンに、最初は臆していた。髪型も服装もファッション雑誌から出てきたように見えるし、何より喋るスピードが速い。おまけに親は官僚で、都内にマンションを買い与えられていて、出身高校は関東の名門校。その上名前が神命。恐れるなという方が無理なのだ。

けれど神命は華やかな付録がたくさんついているだけで、中身はミーハーっていう女の子が大好きというありふれた人間だった。ジンは付録を自慢したり、東京出身であることをひけらかしたりしない。東京の人はなんか冷たい、という固定観念をひっくり返した人間だった。

「いよいよだな、秋葉《あきは》」

「緊張するなあ。でも絶対麗奈ちゃんにしゃべりかけたる！」

「俺も桜姫と仲良くなってやる！」

「さくらひめ？」

居酒屋の入り口は新入生と上級生が入り乱れてごった返していた。

「バカ、牧村春桜だよ。文学部三年の。《シュクル》の読者モデルやってる大学一の有名人」

「シュクルってなに」

「バカ！　ファッション雑誌も知らねえのかよ。生協の一番目立つところにあるだろ」

関東人の『バカ』は、関西人の『あほ』と同等の愛嬌だと思うけれど、やはり連呼されるといい気はしない。

「ふうん、モデルなんかおるんやな」

さすが、東京。と言いかけてやめた。東京に屈するのは、なんだか悔しい。

「そやからこんなに男が多いんか。なんや、よかったわ。お目当ては他におるんやな」

「おまえは全員がライバルだと思ってたのか」

真面目な顔で頷くと、前にいた女子グループが振り返って「もしかして関西の人？」と聞いてくる。ちょっとした関西弁にも、関東人はやたらと敏感に反応する。ここで「そうやで」と笑いのひとつでも起こせればいいけれど、僕は関西で生まれ育ち、新喜劇だって母親のお腹にいる時から見てきたけれど、笑いのセンスがびっくりするほどなかった。だからこういう期待感いっぱいな目で見られると緊張してしまう。お笑いのできない関西人だっている。センスの悪い東京人だっているだろ、と思う。

「そう、こいつ関西人。東大阪ってとこなんだって。君たちどこの学部？」

ジンは女子の輪の中にするりと入っていった。

ジンは話術にたけていて笑うとおちゃめな顔をしているので、あっという間にその子たちと打ち解けてしまった。ジンたちが笑い声を立てている横で僕は、向こうにいる麗奈ちゃんをうっとりと眺めていた。

居酒屋の広い和室に通されると、四年生が乾杯の音頭をとり宴会が始まった。部屋はあっという間に声の濁流に飲み込まれていった。

僕はさりげなさを装いながらゆっくりと席を替え、麗奈ちゃんに近付いていった。向こうでジンが出身高校を言ったらしく、「えー！　すごーい」という歓声が上がった。僕にもひとつくらい「えー！　すごーい」と言ってもらえるものがあればいいのだけど、自信のあるものはひとつもない。

なんとか麗奈ちゃんの斜め前のポジションを確保する。麗奈ちゃんはオレンジジュースを飲みながら隣の女子と談笑していた。昨日から頭の中で何度も繰り返してきたシミュレーションを改めて確認し、よし、と覚悟を決めた時だ。

「春桜さんがきたぞ！」

宴会場に飛び込んできた誰かが叫んだ途端、部屋は静まり返った。

緊迫した場の空気が読めず、「あの…」っと勇気を振り絞って麗奈ちゃんに声を掛けた。入り口の方に気を取られている麗奈ちゃんはぴくりともしない。僕は自分を鼓舞してもう一度身を乗り出した。それと同時に和室の襖《ふすま》が開いた。

「やっほー。ごめんね、遅くなって」

その声に吸い寄せられるように麗奈ちゃんは立ち上がった。隣にいた女子と顔を合わせて頷き合うと声の方へと駆け寄って行ってしまう。麗奈ちゃんだけでなく、全員が同じ行動を取っていた。気が付くと長いテーブルには僕だけが取り残されていた。

「まあまあ、皆の衆、落ちつけ」

「下がれ下がれ、勝手に触んなよ」

サークルの会長と副会長が、興奮して群がる連中を手際よく整備する。

「とりあえず席にもどれー」

そう言われると下級生たちは後ろ髪引かれるような顔をして席に戻ってくる。僕の斜め前には麗奈ちゃんでない女子が座り、麗奈ちゃんは話せる距離から消えていた。

「超かわいー。顔、ちいさいね」

「腰の高さが全然違うよ。お人形みたい」

「雑誌で見るより何倍もかわいい」

左右の女子たちが騒ぐ。向こうのテーブルに行ってしまった麗奈ちゃんも隣の女子と何かを囁《ささや》き合いながら顔を紅潮させていた。

「さーさ、みなさん、お待たせしました。我らがサークルの桜姫の登場です！」

乾杯の音頭を取った四年生が声を上げると、部屋中に嬌声と野獣の雄叫《おたけ》びが響き渡った。

「おいおい、姫って何よ。いつもそんな扱いしないくせに、新入生集めの餌にするつもり？」

よく通る声が部屋の中央へと入ってくる。声の主は上級生たちに囲まれていて見えないけれど、その後ろから頭ひとつ抜け出た大柄な人間が付いてきた。まるで大物政治家の後ろに控えているＳＰのようだ。

短く刈られた銀色の髪とシャープな顔の輪郭が中性的で、男にも女にも見えた。テーブルの間を会長に先導され、後ろにＳＰのような人間を引き連れ、周りから熱い羨望の眼差しを受けて入場してくる様は、姫と呼ばれるにふさわしい演出だった。それでも僕にとっては本当の姫を奪った憎き魔女だ。

「自己紹介、どうぞ」

「みんな、したの？」

したしたと、してもないのに声が飛ぶ。

「じゃあ、サークルのトリを飾って」

彼女が手を上げると、楯《たて》になっていた上級生たちが一斉に座った。突然開けた視界の中心に立っていた魔女は、心臓が勝手に二回転するくらいの美人だった。

こんなに顔の小さな人間を見たことがない。彼女が普通だとしたら、ここにいる僕たちは全員、疲れが溜まりすぎていてむくんでいるか、おたふく風邪に罹患しているかだ。

その小さな面積の中に大きな目と、細い鼻と、口角がきゅっと上がった唇がある。肌はニキビひとつなく陶器のようにつるんとしていた。なんてことのないチェックのシャツにジーンズをはいているのに垢抜けて見えるのは、彼女が抜群のスタイルでそれらを着こなしているからだ。

「はじめまして。文学部日本文学科三年、牧村春桜です。春の桜、って書いて、ハルカって読みます。よろしくね」

僕は完全に彼女に圧倒されていた。麗奈ちゃんを奪われた怒りは消え去り、許すという了解を下すのさえおこがましく思えた。

「春の桜。まさにそんな感じだな」

誰かが呟いた。まさに彼女は春を謳歌《おうか》する満開の桜だ。だからその下にいる庶民たちはうっとりしながらそれを見上げている。

「春桜、こっちに座りなよ」

サークルの幹部だけが固まっているテーブルに寄っていく彼女を、新入生たちはみんな目で追っている。

「秋葉、秋葉」

振り返ると、ジンがにじり寄って来た。

「なあ、春桜さんのとこ、行こうぜ」

「いやや、あんな上級生ばっかりの席。ひとりで行けや」

「だめ。おまえが必要なんだ」

ジンが顔を近づけて真剣な目を向けてくる。

「おまえにはすごい武器があるんだ。共通点っていう、第一印象を一瞬で良好にさせる武器」

「そんなもん持ってないわ」

「とにかく来い！」

　強引に腕を引かれ、僕たちは牧村春桜を中心に据えたテーブルへと向かう。二、三年生たちがにやにやしながら見ていた。僕たちがどんなふうに撃沈させられるのか楽しんでいるのだろう。誰もが牧村春桜に持って行かれた心をまだ取り戻せずにいて、場は浮足立っていた。

　牧村春桜のいるテーブルには、サークルの幹部連中の他に、ＳＰ風の人物もいた。近くで見ると、髪型や服装がボーイッシュなだけでれっきとした女性だった。パンクロックを歌わせたら絵になりそうな彼女がじろりと僕らを一瞥《いちべつ》した。マイクよりも拳銃の方がもっと似合いそうな破壊的な目つきだった。怖くなってジンのシャツの裾を引っ張ったけれど、ジンは人懐っこい笑顔だけを武器に丸裸で上級生の輪の中に飛び込んでいった。

「はじめまして。工学部の神命って言います。神様の神に、命でジンミコト。こっちは同じ工学部の羽田秋葉。羽田空港のハネダに秋葉原のハラ抜きです」

「神に命ってそれ本名か」

　精悍《せいかん》な顔つきをしたサークルの会長がジンの顔をまじまじと見た。

「ハネダとアキバってどっちも駅名じゃねえか」

　ジンの言い方で勘違いしたのか、丸々とした副会長が吹き出すと、テーブルに笑いが起きた。けれど牧村春桜はそれに対して笑わなかった。おもしろくないという意味ではなく、メニューを見ていて聞いていないだけだ。

「ハネダとアキバなら間に品川入れろよ」

「おーい誰か品川ってやついないか」

軽侮《けいぶ》の混じった声で副会長が騒ぎだす。

「アキバじゃないですよ。ア・キ・ハ。秋の葉ですよ、秋の葉」

他人の口で名前を連呼されているうちに、僕は不意に妹のことを思い出した。

妹——夏芽《なつめ》はきちんと学校へ通っているだろうか。

小学校に上がるのを去年の冬からずっと楽しみにしていたのに、春が来たら僕が家を出ていくと知った途端、夏芽は窓から新品のランドセルを投げ捨ててしまった。

「東京なんか行ったらあかん」と夏芽は僕の足に縋りついてわんわん泣いた。

あの時の夏芽の小さな手の感触がまだ太腿《ふともも》に絡みついていて、強く奥歯を噛んだ。

「秋の葉って書くの？」

僕の思考を中断させたのは澄んだ声だった。

笑い声がぴたりと止んだ。顔を上げると、牧村春桜が真っ直ぐに僕を見つめていた。

「そうなんです！　ほら、牧村先輩は春の桜じゃないですか。こいつは秋の葉。もちろん牧村先輩が春生まれなのと同じようにこいつは秋生まれ」

ジンが僕をダシにした理由はこれだったのか。この流れでいけばここでお役御免だ。牧村春桜の興味を引いたのだから後はジンがうまくやるだろう。上級生の中は居心地が悪いし、何よりも今日の最大の任務は麗奈ちゃんへのアプローチなのだ。

じゃあそういうことで、と腰を浮かせた途端、牧村春桜がテーブルから身を乗り出して僕のシャツを掴んだ。

「秋葉くん、結婚しよ！」

「は？」

「私と、結婚してください」

「結婚、ですか」

「そう。春と秋。私たちうまくいくわ！」

むしろ対照的でうまく交わらないと思うのだけど、目の前の彼女は新星を発見した科学者のように目を輝かせている。

ＳＰ風女子が唖然としているのが見えた二秒後に、ゲリラ豪雨に見舞われたかのような凄まじい怒号が響き渡った。

2

五月に入ると僕は図書館でアルバイトを始めた。東京に出してもらっておいて、仕送りの額では趣味やサークルの交際費が賄《まかな》えないとはさすがに言えなかった。接客業は向いていないと自覚しているし、図書館は大学の隣だし、本は好きなので、もってこいのアルバイトだった。

「羽田くん、返却本の整理、行って来て。ついでに新刊もお願い」

職員の美智さんに言われてカウンターを出た。絨毯の上を静かに滑るワゴンを押して、僕は書棚の森を行く。

平日の午後の図書館は人もまばらで静かだ。常連組の初老の男性たちは各々いつもの席を陣取って、いつもの新聞や雑誌を広げている。ぽつぽつと若い女性もいるが、学生風じゃない人たちは一体どんな職業についているのだろうと、すれ違うたびに想像したりする。

ワゴンから分厚い本を取って書棚へと戻す。《世界大呪文全集》なんて本、一体どんな目的で借りたのだろう。静けさの中でそんなどうでもいいことを考える時間が好きだ。

雑誌コーナーに新刊を並べていると、ファッション雑誌が目に留まった。《シュクル》とポップな書体で書かれた表紙には、昨日も学校で顔を合わせた彼女がいた。

突然のプロポーズからひと月、彼女は事あるごとに工学部の校舎にやってきては波乱を起こして帰っていく。波乱とは、僕の顔を見れば「結婚しよう」と言うことだ。男子ばかりの環境でうんざりしている工学部の連中には刺激が強いのだ、彼女は。

「秋葉くん」

突然後ろから呼ばれて振り返ると、手の中にある雑誌の表紙と同じ顔が、そこにあった。

「ま、牧村先輩…」

「何時にバイト終わるの？　今日私オフなんだ。ごはんでもしない？」

「しません」

「じゃあ、お買いものでもしない？」

「しません…」

「じゃあ、結婚でもしない？」

「だからしないって言《ゆ》うてるやないですか」

つい語意が強まってしまうと、新聞を閲覧していた老人が顔を上げた。ぼんやりしていた老人が雷に打たれたような顔をする。過度な美人は老人にも刺激が強い。

雑誌を戻すとワゴンを使って春桜を書棚の向こうへ追いやった。人気のないコーナーに連れ込むと、露骨に溜息を吐いてみせた。

「先輩、」

「春桜って呼んでって言ったでしょ、秋葉くん」

「牧村先輩」

僕はあえて先輩を強調する。

「僕は先輩とごはんしません。お買い物もしません。故に結婚もしません」

「どうして」

「だからもう何度も言いましたよね。僕には好きな人がいるって」

「桐原麗奈ちゃん」

「そうです。桐原さんです。だから僕に構わないでください」

「でも桐原麗奈ちゃんには片思いなんでしょ？　だったら私にもまだ見込みがあるってことじゃない」

ふられたことが一度もないであろう美人は、思考回路にネガティブな感覚を持ち合わせていない。だから僕らはこのひと月、同じような言い合いを何度も繰り返している。

「ありません。僕はあなたを好きになったりしません」

「どうして。まだ秋葉くん、私のこと何も知らないでしょ」

「知ってますよ。ファッション雑誌の読者モデルで、ブログのアクセス数が芸能人並みで、あなたがブログですすめた商品は翌日即完売するんですよね」

「私のブログ、読んでくれたの？」

「読んでいません。僕のことを書いてないか友人に確かめただけです」

「それはしないよ。秋葉くんに迷惑かかるってわかるもの」

もう充分迷惑してるよと言い出したいのを堪《こら》えて、冷静かつ事務的に対応する。この人に甘い顔を見せたらだめだということは、このひと月で心得た。

「他には？」

「今月号のシュクルの巻頭で特集されていました」

「見てくれたの」

「新刊を並べる時に汚れがないか調べるんです。その時にちらっと見ただけです」

「あとは？」

「同じ文学部の藤井カヤさんと一番親しいんですよね。彼女とは中学時代からの友人で、彼女が読者モデルの応募もしたそうですね」

「そうなの。アルバイトを探していたらカーヤが勝手に履歴書送っちゃったの」

「僕が知っているのはこれくらいです」

「いろいろ知ってくれてるのね。うれしいな」

「知りたくて知ったわけじゃありません。周りの声が耳に入ってくるだけです」

うんざり気味に言ってみても春桜には僕の疲労感は伝わらないらしい。無邪気に喜んでいるのが腹立たしいのだけど、あまりに無邪気なのでかわいく見えるからやるせない気持ちになる。

「羽田くん、何してるの？」

　書棚の向こうから美智さんが怪訝《けげん》そうな顔を覗かせた。

「すみません、今戻ります」

　慌てて返事をする僕の横で春桜がぺこんと頭を下げる。美智さんは一瞥しただけで不機嫌そうにメガネを上げて行ってしまった。五十代のおばさんには春桜のかわいさは通用しないらしい。

「とにかく僕、バイト中なので」

「うん。ごめんね。終わるまで待ってるね」

「だから…」

「ねえ、秋葉くんのおすすめの本ってどれ？」

　彼女はあほなのだろうか。美人だからちやほやされすぎて、頭のネジがぶっ飛んでいる類の人種なのだろうか。

　これ以上相手にしていたらまた美智さんの機嫌を損ねてしまう。僕はちょうど台車にあった文庫本を取り差し出した。

「アーサー・Ｃ・クラーク？」

「おすすめとは言いませんが」

《幼年期の終わり》を渡すと台車を押してカウンターへ戻った。

図書館の職員の美智さんは仕事に厳しい人だった。アルバイトに入ったばかりの頃は何をするにも見張られているようで気が気ではなかった。けれど慣れてしまえば美智さんと仕事をするのはとても楽だ。美智さんのいいところは、間違えると怒るけれど、怒りながらも手を動かすので、こちらをゲンナリさせない人だった。

利用者さんの貸し出し手続きを済ませると、僕はすみませんでした、と美智さんに謝った。

「あの子、よく来ているわね。彼女?」

「違います。なんていうか…」

求婚されているとはとても言えない。

春桜は大人しく閲覧席のソファーに座って文庫本を読んでいる。

「きれいな子ね」

美智さんが珍しく本以外のことに関心を示した。

「モデルをやっているそうです」

「へえ。すごいわね」

「すごいんです。すごいのに、どうして僕なんか…」

「困っているの？」

美智さんに聞かれて、僕は曖昧に笑った。

うまく答えられそうもないので、また台車を押してカウンターを出た。きっと美智さんは、戻った僕に続きを聞いたりしないだろう。

アルバイトを終えロッカーから荷物を取って館内へ戻ると、春桜は本を胸に抱えたままますやすやと眠っていた。妹が幼かった頃、枕元で読んであげた絵本に出てくるお姫様みたいな寝顔だった。

そんな彼女がどうして僕を追いかけまわすのか理解に苦しむ。僕はせいぜい兵士その3、くらいが適役な男だ。あまりに彼女が僕に固執するので、周りからは実はすごい人物なのではと噂されているけれど、僕には隠せるジョーカーもエースもない。

後ろを通っていく人が「うわ、美人」っと声を上げたので慌てて乱暴に彼女の肩を揺らした。春桜はびくりとして目を覚ました。

「あ、秋葉くん」

「図書館で堂々と寝ないでください」

「小説なんて久しぶりに読んだから眠くなっちゃった」

「仮にも文学部でしょ」

「ごめんなさい」

《幼年期の終わり》を借りた春桜と、僕は並んで図書館を出た。このまま駅まで送っていった方がいいのだろうか。それともまさか部屋までついてくる気なのだろうか。

図書館前の遊歩道には等間隔にオレンジ色の明かりが灯っていた。初夏を思わせる日中とは打って変わって、春の名残の冷たい風が吹き抜けていく。

「秋葉くんはこの作家さんが好きなの？」

「はあ、まあ…」

「他には誰が好き？　どんな本を読むの」

「SF小説が多いです。あとは宮沢賢治かな」

「好きな食べ物はなに」

中学生のような質問をしてくる春桜の取り扱いをどうしようかと考える。明かりが途切れたところで、できればきっぱりと別れたい。

「好きな食べ物は…、うどん、かな」

「私もおうどん好き。夏に食べる鍋焼きうどんは最高なの」

「え、僕も好きです。暑い中でフーフーして食べんのがうまいですよね」

「そうなの。お麩《ふ》とかハフハフしながら食べるのがおいしいよね。秋葉くんは、卵は半熟派？　それとも固め？」

「断然固めです」

「私も！　最後に黄身とおつゆを混ぜて飲むとおいしいのよね」

「そう！」

「でも大体の人が夏に鍋焼きなんてありえないって言うの」

「そうそう。おまえらの方がありえへんって、」

言いかけて口を噤んだ。和気藹藹《あいあい》と共感し合っている場合ではない。

「秋葉くん、実家は大阪って言ってたよね。どのあたりなの」

つい気が緩んで出てしまった関西弁のせいで、春桜が質問を続けてくるので僕は足を止めた。

このまま大通りへ出てしまったら大学の連中がまだたくさんいるだろう。これ以上校内のゴシップの生贄《いけにえ》にされるのは勘弁してほしい。

春桜が二歩進んで止まり、振り返る。無垢な子猫をいじめるみたいないやな感じがした。それでも言葉にしなければならない。この人には察するという能力がないのだ。

「牧村先輩、もうこういうのやめにしてくれませんか」

「こういうの？」

「こうやってバイト先に来たり、工学部に来たりすることです」

「どうして」

彼女の無防備さが僕を苛立たせる。

「僕はあなたを好きになったりしません。結婚もしません」

「私は春の桜。あなたは秋の葉。こんなに完璧な組み合わせなのよ」

「名前だけやないですか」

声を強めると、春桜の顔から笑みが消えた。ひんやりとした風が、春桜のシフォンのスカートの裾を揺らしていった。

僕がそれを本当に言いたかったのは彼女にではない。

――君は秋生まれの秋の葉。だから夏に生まれてくる子供には夏芽ってつけようと思う。

二番目に父親になった人は、はにかんでそう言った。母は名案だと喜んだ。二人だけで分かち合っている幸せを無理やり押し付けられて、返事に困った。けれど膨らんだお腹を大切そうに撫でながら、夏芽ちゃん、と話しかけている母に向かって、そんな名前はやめてくれとは言えなかった。

僕と妹は名前だけで兄妹を強調されている。半分足りない血の繋がりを、名前で補われているのだ。

「私には名前だけで充分よ」

過去のえぐみを嚙んでいる僕に向かって、彼女は軽く呟いた。

「私は秋が欲しかったの」

「どういうことですか」

「夏芽ちゃんっていう妹さんがいるって聞いたわ。私には冬月《ふゆつき》っていう姉がいるの」

「だから？」

「正直言うと、夏でもよかったのよ。でも君は、秋と夏を両方持っていたわ。これでコンプリート」

「春夏秋冬ってことですか」

「そうよ。春と冬を繋ぐのは、夏と秋だもの」

言っている意味が理解できなかった。でも春桜の目はそれが答えだと言わんばかりに、自信に満ち溢れていた。

3

春と冬を繋ぐのは、夏と秋。

あれから僕は、その言葉の意味を考えている。

「秋葉、物理学のノート見せてくれ」

まさか、本当に名前だけが気に入って追いかけまわしてくるというのか。そんなの常軌を逸している。

「なあ、秋葉」

春夏秋冬をコンプリートした先に、何があるというのだろう。

「おい、秋葉！」

後ろから怒鳴るように呼ばれて、僕は派手に飛び上がった。

「どうした、秋葉。また桜姫ファンにいやみでも言われた？　それとも裏掲示板に死ねって千回書かれたか」

「そんなんもう慣れたわ……」

教室の隣の席にジンが座る。頬杖をつくと労《いたわ》るような眼差しを僕に向けた。

「慣れちゃったか、悪口言われんのも」

「裏掲示板なんて見てへん」

「俺も見るのやめた。死ねのオンパレードで面白みに欠ける」

「バカ、アホ、死ねしかないんか、悪口いうんは」

「キモイ、ダサい、暗いもあったぞ」

「どうでもええわ。いちいち気にしていられるか」

「俺もそう思う。秋葉をからかうのも飽きた。ね、物理のノートみせて」

僕を牧村春桜の前に連れ出したことを最初のうちは地団太《じだんだ》踏んで悔やんでいたけれ

ど、ジンは変わらず友達でいてくれる。僕の噂を聞きつけて見学にやってきた女子の何人かと、いい思いをしているところはチャッカリしているけれど。

「秋葉のノートって見やすいな。教授の黒板よりわかりやすいぜ」

頬杖をつきながらジンのノートを見降ろしていた。僕のノートのポイントだけをうまく抜き取ってまとめているところがジンはすごい。ジンは講義をさぼっているからノートを借りているのではなく、講義中は教授の話に集中してノートを取らないのだ。つまり講義のすべてを頭の中にインプットしてから、僕のノートを下敷きにしてアウトプットしていくのだ。厳密な要点だけをノートに書き残していくのがジンのやり方だった。

「そっちのノート後で貸して」

「いやだよ。誰がライバルにノート見せるんだよ」

「ジンにとって僕ってライバルなん？」

僕はきょとんとして聞いた。

「二年生になって航空宇宙工学コースに進めるのは工学部全体の一割にも満たないんだぞ。俺はペンシルロケットの模型をあほみたいな顔して眺めてたおまえに危機感を感じたんだ」

それは僕とジンとのファーストコンタクトだ。

「春桜さんも取られて成績も越されたら目も当てられないだろ」

「別に取ってへんし、あの人はおまえのもんでもない」

「春桜さんもどうして秋葉なんだろな」

春と冬を繋ぐのは、夏と秋。彼女が言った言葉がまた反芻《はんすう》される。

「単純に僕がタイプやった、とは思わへん？」

「断じてない」

きっぱりと否定し、ジンはノートを閉じた。

「でも春桜さんが実はものすごい宇宙好きだったら秋葉に興味を抱くかも」

「あの人は探査機のモデル機を、あほみたいな顔して見るようなことはせえへんわ」

仕返ししてやるとジンが相好を崩した。

「どちらにしてもお姫様の気まぐれだと思うけど」

「さっさと終わってほしいわ、その気まぐれ」

教室の後ろがざわついてきたので僕らは自然と彼女の話をやめにした。工学部の中で僕は今や一番の嫌われ者だ。「目障りなやつがいるぜ」と低レベルの悪口が後ろから聞こえてくる。真ん中や後ろの席に座ると授業妨害されるので、どの授業でも教卓の前に陣取ることにしている。

ジンはいつも僕の隣に自然と座る。友達だからそうしてくれているのだと思っていたので、ライバル発言をされて少し傷ついた。けれど、ジンの言う通り、僕たちは進級するたびに厳しいふるいにかけられるのだ。牧村春桜の気まぐれに振り回されている余裕は全くない。僕には目指すべき目標があるのだから。

鞄の中からペンケースと教科書を出すと、教科書の角に引っかかっていたのか、小さな袋が足元に落ちた。

「秋葉、なんか落ちたぞ」

ジンが言い終わる前に僕は、素早くそれを拾い上げて鞄に突っ込んだ。

「おまもり?」

「そんなところ」

僕は片頬で笑った。教授が入ってきたのでジンはそれ以上続けなかった。動揺する必要はない。別にこれは犯罪の証拠でも変わった性癖の道具でもないのだ。

それはランドセルの頃から僕の鞄に入っている麻の袋だ。中には六角ボルトが入っている。

僕の父が——戸籍上の父親ではない——作ったものだ。ボルトに喚起されていやな記憶が一気に溢れ返った。教授の声がシャボン玉のように弾けてしまって聞こえない。考えるなと念じるほど、意識があの日へ飛んでいく。

僕はシャープペンを握りしめながら体を強張《こわば》らせた。目を閉じると、幼い妹が、僕の前に現れた。

4

高三の冬、冬休み前に珍しく雪が積もった。

その日の朝、僕は何かに対して無性に苛立っていて（受験前、最後の模試での成績が芳しくなかったせいかもしれない）まだ誰も足跡をつけていない真っ白な校庭に向かって、教室の窓から、袋ごとボルトを投げ捨てた。

蒸発した父との思い出の品を捨てるのは、一種の自傷行為に近かった。思春期に入ってからの僕は、衝動的にボルトを捨てては拾い、また捨てることを何度も繰り返していた。

珍しい雪景色にはしゃぐ生徒たちが雪を踏み潰しているのを横目で見ながら家へ帰った。捨てたボルトを探しに行かないよう、自分を必死で抑えつけていた。

「お帰りなさい、秋葉」

「おかえり、お兄ちゃん」

いつものように母親と妹が迎えてくれた。

母親が、買い物に行くわよと言うと、妹は見たいテレビがあるからお兄ちゃんとお留守番していると答えた。僕らは茶の間でこたつの中に足を突っ込んで、妹はアニメを、僕は天井をじっと見つめていた。

十二歳年下の妹、六つの夏芽はかわいい盛りだ。

彼女を喜ばせようと、休日には必ず親子揃って出かけている。僕が幼かった頃はドライブやアミューズメントパークへ行くなんて習慣がなかったので、いつまで経っても〝休日は家族一緒〟というこの家のスタイルに慣れなかった。さすがに高校生ともなれば、一緒に行くことを強要されることもなかったけれど。

「お兄ちゃん。夏芽、幼稚園でお絵描きしてん」

アニメが終わったのか、夏芽が僕の横に座っていた。寝転がったまま、夏芽が手渡してくる画用紙を見上げた。

「お兄ちゃん描いてん。似てるやろ」

夏芽は父親に似て絵の才能があった。ただの身内びいきだと笑われても仕方ないけれど、何を描かせてもうまいのでいつも感心していた。けれどその日は違った。

「大好きな家族の絵やねん。だから夏芽、お兄ちゃん描いてん」

黒目がちな瞳で夏芽が僕を見降ろしてくる。長い髪をうさぎの耳のように二つに結って、何も知らない顔をして笑っている。

「家族やったら、お父さんかお母さん描けよ」

起き上がった僕に纏わりついてくる夏芽が心底鬱陶《うっとう》しく、そして心底憎かった。

「なんで。お兄ちゃん家族やん」

無垢な声に、頭の芯が仄かに苛立つ。

僕はどうしてここにいるのだろうと思った。ここは僕が生まれた家じゃない。

目の奥に、オレンジ色の光が明滅した。

今頃、僕の六角ボルトは誰かに踏みつけられて土に埋もれているだろうか。それでいい。そうなってほしい。二度と僕の前に現れないでほしい。あれを磨いている父親の真っ黒な指先。汗でぐっしょりと濡れてシャツが貼りついた背中。鉄を削る甲高い音。金属と汗の匂い。ダイアモンドダストのような粉じん。線香花火のような、オレンジ色の火花。

「お兄ちゃん?」

ぽっかりと開いている穴に絶望が降ってくる。

十歳のある日、突然父を失ったショックから開いてしまったその穴に両手を沈めると、ひんやりした絶望がたっぷりと溜まっていた。僕はそれを掬《すく》い上げた。そして目の前の妹の顔に掛けてやる。

「お兄ちゃんと夏芽は半分しか血が繋がってないねん。お父さんが違うからな」

特徴をとらえた人物画を破り捨てると、夏芽を残して家を出た。そうして夜の校庭を這いつくばって六角ボルトを探した。

　寒さで平衡感覚をなくした頃、やっと見つけ出したそれを握りしめて僕は泣いた。雪と泥で濡れながら「お父ちゃん」と呼びかけた声は、そそり立つ真黒な校舎に飲み込まれて消えた。僕の声はいつだって届きやしない。それがいつも屈辱的だった。

　夏芽は僕の言葉の意味を両親に問うことはなかった。僕が破った絵は、描いた事実さえ消え失せていた。幼いながら、彼女は本質ではなく感覚的なところで、それが禍々《まがまが》しいものだと感じ取っていたのかもしれない。

　ただ、前にもまして纏わりつくようになった。遊んでやると狂ったようにはしゃぎ、勉強の邪魔をするなと避けると癇癪《かんしゃく》を起こしたように泣いた。一度、幼稚園を脱走して騒ぎになったこともある。お兄ちゃんの学校に行くんや、と保護された派出所で喚き散らしていたらしい。

　夏芽が昼寝をしている間に、僕は大阪を出て東京へ来た。

　傷つけたままあいつをずっと放置している。

　講義が終わると、ジンは女の子とクラブに行くと張り切って出ていった。

　今日はアルバイトもないし、プラネタリウムにでも行こうか。心も頭も梅雨時の雑巾みたいに湿りきってしまったので、リフレッシュが必要だった。あそこは安らぎの場で、給油場で、そして、逃げ場だ。

　正門を出かけた時、後ろから呼びかけられて振り返る。そこに、桐原麗奈がいた。出会ってからひと月半、挨拶《あいさつ》程度の会話はできるようになっていたけれど、声を掛けられたのは初めてだった。

「秋葉くん。今日、春桜さんは？」

　丸みのある声で彼女は聞いた。

　初めて見た半そで姿に、平常心が崩壊した。爽やかな薄水色のふんわりしたワンピースから覗く、細い腕も足も瑞々《みずみず》しくて目のやり場に戸惑う。

「ねえ、春桜さんは一緒じゃないの」

　答えを待ちかねたようにもう一度聞いてくる。麗奈ちゃんはおっとりした顔に似合わずせっかちなところがあるらしい。そんな彼女を待たせないために、僕は早口で答えた。

「一緒じゃないよ。今日は会ってないけど」

「そうなの。夕方から撮影って聞いていたから講義には出ていると思ったんだけどな」

「会いたかったの？」

　僕の標準語は外国映画に出てくる日本人が話す日本語のように角ばっている。それに語尾が少し震えていた。

「春桜さんに今度撮影現場に連れてってくださいってお願いしているの」

「そうなんだ。残念だったね」

「あーあ。せっかく今日気合い入れてきたのにな」

「すごくかわいいね」

「ねえ、秋葉くん、春桜さんの連絡先知らない？　なんとか連絡つかないかな」

「知ってるよ」

抑揚のない会話を盛り上げたくて携帯電話をポケットから取り出した。麗奈ちゃんの顔が輝いた。

「ありがとう、秋葉くん！」

ゴールデンウィークにサークルでキャンプへ出かけた時、春桜は僕の携帯電話を強引に奪うと、勝手に自分の番号を登録し、許可なく僕の番号を奪って行った。彼女からくるメールも電話も一切無視を決め込んでいる。けれど思いがけず役に立ってくれて、初めて春桜に感謝した。

「桐原さんは、今日はひとりなの？」

「んー、今日は撮影現場に行くつもりだったし」

「牧村先輩の撮影、見に行くの？　興味あるよね、ファッション雑誌だもんね」

麗奈ちゃんは春桜の連絡先を自分の携帯電話に入力し終えると、用のなくなった僕の携帯電話をこちらへ返してよこす。器用にもう片方の手で、メールを打ち始めていた。

「あのさ、桐原さん。よかったら、メールアドレス、」

「ありがとう、秋葉くん。じゃあ、またね」

にっこり微笑んで、彼女は忙《せわ》しなく正門を抜けていった。

よかったらメールアドレス教えてよ。ついでにこの後お茶でも行かない？　ジンなら簡単に言える。春桜なら自分から誘わずとも相手が言いそうだ。僕はいつだって気後れして言葉が声にならない。

巨大な憂鬱を浄化してくれる場所はやはりプラネタリウムしかない。

5

数日後、工学部の校舎の前で僕を待ち構えていたのは、春桜ではなくその友人の藤井カヤだった。

「羽田、ちょっと」

ハスキーな声で上から言われると、威圧的な感じがする。

ロシア人の祖母を持つという彼女は、手も足もサイズが日本人離れしている。銀色に染められたベリーショートのえりあしから見えるうなじが眩しいほど白い。いつも春桜の隣にいるこの人の、本性の見えないクールさも僕は苦手だった。

　運動部の部室棟の脇まで来るとくるりと振り返った。僕より五センチは身長が高い上に、十センチはヒールのあるブーツを履いているので、だいぶ見上げる形になった。仄暗いグレーの瞳は、絶対に近づいてはいけないと繰り返し大人たちから警告されていた近所のため池を思わせた。

「春桜の個人情報、勝手に広めないでくれる？」

　唐突に核心を告げられて、虚を突かれた。

「教えたでしょ、桐原に」

「あ、はい」

「他には誰に教えた？」

　詰問するような言い方をされて慌てて否定した。

「誰にも教えていません」

「桐原が広めているってことか」

　カヤは舌打ちをして宙を睨んだ。

「あの、広めているってどういうことですか」

　おずおずと質問する僕を、カヤはブリザードでも呼び起こせそうな殺気で睨みつけてくる。それでも僕は勇気を振り絞って繰り返し聞いた。

「桐原さんが何かしたんですか」

「おといから春桜に知らない人間からメールが来てる。大量に」

「どうしてそれが桐原さんと関係あるんですか」

「桐原から撮影現場を見学したいってメールが来た。春桜は断りのメールを送った。でも、桐原のやつ、あんたと一緒に行くって言ってきたんだ。羽田が現場を見たがっているって」

「僕は言ってませんっ」

声を荒らげた僕を軽くいなすように頷いて、カヤは気を鎮めるように眉間を揉《も》んだ。

「でも春桜はあんたの名前を出されたらＯＫするんだよ。あんたが自分に興味を持ってくれたって浮かれたんだ。それで了解してみたら現場に来たのは桐原だけ。おまけに編集の人間に桐原は自分の売り込みを始めた」

「桐原さん、モデルになるんですか」

「なれるわけがない」

きっぱりと言い捨てられて、僕は多少むっとした。春桜の美貌は確かに突出している。けれど麗奈ちゃんがそれに劣るとは思えない。

カヤは僕の心を見透かしたように溜息を吐いた。グレーの瞳には僕への侮蔑がべったりと張り付いている。

「春桜はこの先、ちゃんとした事務所に籍を置くつもりになってる。だからあんなふうに不躾なことされると、春桜のイメージが下がるんだよ」

「桐原さんのしたことが不躾って言いたいんですか」

「コネでモデルになろうなんて甘いんだよ。春桜の手前、編集者も粗末に扱えないし、春桜はあんたの手前、桐原に無下にできなかった。あんな不躾な形で来た桐原と編集の間を取り持ってやったんだからね」

　僕の手前、と言われ、なんだか言い返すことができなかった。

「だけど編集者が桐原に断りの連絡を入れた途端、いやがらせみたいなメールが大量に来るようになった。完全な八つ当たりだ」

　その怒りを僕にぶつけるのも完全な八つ当たりだろ。

　言い返してやりたかったけれど、三倍にして返されるだろうし、あるいは硬そうな革のブーツで蹴り倒されそうな気がして言葉を飲み込んだ。僕の人生の大半において、言葉は吐くより飲む方がいい。

「すみませんでした」

　呼び出しの理由はおおよそ理解できたので、とりあえず、という雰囲気を匂わせないように謝った。僕が麗奈ちゃんに春桜の個人情報を教えたのは事実だ。

とっとこの場を丸く収めて藤井カヤにロックオンされている状況から抜け出したい。それにこれからバイトだ。遅れて美智さんにいやな顔をされるのも賢明ではない。

「牧村先輩にもきちんと謝ります。桐原さんの方はどうしたらいいですか。僕から何か言った方が…」

「そっちはこっちでする。あんたには桐原以外に春桜の個人情報を流してないか確かめたかっただけ。これからも春桜の個人情報は誰かに流さないで。必要ないなら削除して。その方が春桜のためにいい」

「わかりました」

一方的に削除したところで、春桜が僕の連絡先を知っているのだから状況はそんなに変わらないと思ったが言葉にはしなかった。

軽く頭を下げて踵《きびす》を返す僕に、藤井カヤが捨てゼリフを投げた。

「あんたって、つまんない男」

何を言われたのか一瞬わからなくて振り返る。カヤは鼻を鳴らして頬を引きつらせた。そのシニカルな笑みは、じゅっと焼印で押したように僕の目に焼きついた。

――つまんない男。

唐突に投げ付けられた言葉は、最初は薄いティッシュくらいの重量しかなかったのに、時間が経つにつれ徐々に重さを増し、二時間後には頭上から降ってきた隕石のごとく、僕を粉々に打ち砕いていた。

打ちひしがれた次の瞬間には地団太を踏むほどの悔しさが沸き上がった。哀と怒を交互に繰り返しながら、返却本が乗ったワゴンを押す。

牧村春桜に追いかけまわされるようになってから、僕は自分の中にゴミ捨て場のような場所を作った。他人からの中傷も侮蔑も批判も人格否定も、すべてをそこに捨てた。僕は毎晩そのゴミを足で踏み固めていった。地層にされていくゴミは、目を向けなければ静かだった。そこにカヤは隕石をぶち込んできたのだ。

ゴミは勢いよく舞い上がった。僕の内側は誹謗《ひぼう》中傷の大合唱だ。

カヤのシニカルな笑みが目の中から剝がれなくて、ハードカバーの本を握りしめながら奥歯を噛んだ。

「羽田くん、ちょっとちょっと」

振り返るとパートのおばさんがひらひらと手招きしながら近づいてきた。

「君、英語できるって言っていたわよね」

カウンターの前には外国人の利用者さんが立っていた。

「洋書コーナーにあちらの方ご案内してあげて」

「わかりました」

僕は利用者さんを洋書コーナーへ連れて行き、彼が探していた本を見つけてあげた。ビジネスマン風の彼はとても喜んで、君の英語はとてもいいねと爽やかに褒めてくれた。

貸し出しの手続きを済ませて彼を見送ると、パートのおばさんだけでなく司書や職員たちからも、羽田くんがいてくれて助かったわと褒められた。

僕は綻《ほころ》ぶ顔を大人たちに見られたくなくて、目についた書棚の整頓をする。鼻歌が出そうになった自分の単純さがおかしかった。

英語は独学で身につけた。英会話教室に通いたかったが親には言い出せなかったので、テレビやラジオの講座を聞いて地道にやってきた。

打ちのめされていた心が、外国人利用者さんによって癒された。我ながら単純だと思うけれど、いつまでもいじけているよりは、ずっと建設的な思考だ。

雑誌コーナーを通りかかると最新号の一冊が棚から落ちているのを見つけたので元の場所へ戻す。その隣に《シュクル》があった。今月の表紙は彼女ではなかったけれど表紙に大きく『絶対真似したい！　ハルちゃんの一週間着まわし術』と彼女の名前が掲載されていた。ぱらぱらとめくってみると麗奈ちゃんに似合いそうな服を着た牧村春桜がポーズをとって笑っている。春桜より麗奈ちゃんが着た方が絶対似合いそうなのだからモデルにしてあげればいいのに、と思いながら次のページをめくると、薄水色のワンピースを着て海辺に立つ春桜の写真。麗奈ちゃんが着ていたものと同じだった。

悔しいけれど、春桜の美貌は洗練されている。こんな写真を見せられたら、同じ服が欲しくなったり、この世界に憧れたりして当然かもしれない。

牧村春桜に謝るためのメールの文面を考えていたら頭が痛くなってきて、だんだん面倒になってきたタイミングで彼女の方からメールが届いた。

『明日、時間ある？』普段なら無視を決めるところだけれど、『午後は暇です』と初めて返信をした。

間を置かずに返信がきた。文字が点滅したり流れたり、ハートマークが弾けたり、過剰な装飾がされていた。春桜の輝いた笑顔が携帯電話画面の向こう側から見えてきそうだ。うっかり、かわいいなと思ってしまった。

僕たちは初めて約束を交わして会うことになった。指定された駅前に行くと、春桜は先に来ていた。まだ待ち合わせの時間まではだいぶある。春桜の気合いのようなものが感じ取れて怖くなったけれど、とりあえず今日一日は彼女に付き合おうと覚悟を決める。

春桜に何を言われても冷静に対処しなければと予防線を張りなおす傍らで、女の子とふたりで出かけるなんて何年ぶりだろうと思った。

「すみません、待たせてしまって」

春桜は僕を見上げると一瞬きょとんとしてから、にっこりと微笑んだ。僕が本当に来たから安堵しているのだとわかった。

「どこに行きますか」

「どこでもいいよ。秋葉くんはどこか行きたいところある？」

「僕はまだ東京詳しくないですから」

急にどぎまぎして早口になってしまう。

シフォンのブラウスにサテンのスカート。イチゴミルクみたいな色をしたサンダルを履いている春桜は、その辺を歩いている女子と変わらない服装をしているのに、その辺を歩いている誰もが目を留める圧倒的な存在感を持っていた。

「じゃあ、私の行きたいところでいい？」

春桜は僕の許可を得ると山手線に乗り込んだ。ＩＣカードを利用して改札を抜けたのでどこへ向かうつもりなのかわからなかった。

乗客からの無遠慮な視線を一身に浴びながら、春桜は僕だけを真っ直ぐに見上げてくる。面映ゆいを通り越して穴があったら飛び込みたい。春桜の圧倒的な存在感を目の当たりにして、僕はあっという間に劣等感の塊と化していた。

「学校、慣れた？」

「はい、まあ」

「広くて迷ったりしない？」

「構内で迷ったことはないです」

「秋葉くんは方向音痴じゃなさそうね。私、いまだに迷うのよ。カーヤがいないと全然だめなの」

「それで藤井先輩といつも一緒にいるんですね」

「それじゃあ、カーヤがナビみたいじゃない」

春桜がころころと笑った。僕も笑おうとしたけれど頬が硬直していて動かなかった。こちらの緊張感など露ほども感じていないかのように春桜は続けた。

「図書館で働くのは楽しい？」

「はい、それなりに」

「私、ＳＦ小説読んだわよ」

「アーサー・Ｃ・クラークですか？　ホーガンですか？　ハインライン？　ディック？　ブラッドベリ？」

春桜が目を瞬《しばた》かせるので口を噤んだ。

電車が揺れて彼女の指先が反射的に僕のＴシャツを掴んだ。皮膚の下に電気が走る。

春桜はバランスを保つとすぐに手を離し「そんなにたくさんおすすめがあったのね」と何事もなかったかのように苦笑した。

男のTシャツの端を少し摑むくらい、彼女には日常的なものなのだろうか。そんな些細な、けれど女の子らしい頼りない仕草に、男心はころっといってしまうのを、熟知していてわざと仕掛けてきているのか。

ころっといってたまるか。僕は心の防衛を立て直す。視線を逸らし、向こうの座席に座っている女子に麗奈ちゃんの姿を重ねてみた。僕が好きなのは麗奈ちゃんなのだ、と肝心なことを忘れないように。

「秋葉くんが一番好きな本はなあに？」

最大級の警戒線を張っているのに、彼女は巧妙なハッカーのように、僕の脳にウィルスを仕込んでくる。大きな瞳で見つめられるとくらくらする。

「《銀河鉄道の夜》です」

「それもSF？」

「違いますよ。宮沢賢治です」

「じゃあ、今度それを借りるわ」

「図書館で？」

「秋葉くんが個人的に貸してくれる？」

「図書館で、お願いします」

　春桜が残念ぶって口を尖らせる。するとまた車両が揺れて、またバランスを崩した彼女が僕のＴシャツを摑んだ。僕は水に触れた猫のようにびくりと震えた。まだ目的地に着いてもいないのに、すっかり一日分のカロリーを消耗してしまっていた。

　春桜が降り立ったのは秋葉原だった。大学の構内は迷うと言っていたくせに、迷路のような分かれ道も迷いのない足取りで進んでいく。通い慣れている感じがして、違和感を覚えた。モデルと電気街の共通点ってなんだろうと考えながら、はぐれたら迷子になるのはこちらなので春桜の背中について行く。

　目抜き通りに出ると、春桜はきょろきょろとあたりを見回した。

「誰かと待ち合わせですか？」

「待ち合わせじゃないんだけど、いつもこのあたりでビラ配りをしてるはずなの」

　言い終えるや否や目標を発見したのか、春桜は声を弾ませて雑踏の中に飛び込んでいった。多種多様な趣味嗜好を持った人間たちが行き交う人混みの中から「春桜さーん」と大きくて明瞭な声がした。

　紹介されたのはメイドだった。メイド、という生物を初めて見た。

「リィです。よろしくね、ご主人様」

　短いスカートから伸びる長い脚をクロスさせてメイドが笑った。挨拶を終えた途端にピンク色の唇が呆気《あっけ》にとられるくらいのスピードで動きだした。

「ね、ね、この人、春桜さんのカレシ？　ちょっと、もお！　春桜さん、この間はカレシなんかいないって言ってたじゃないっすか！　あ、背が高いからモデル仲間っすか？　いや、モデル、じゃないよね？　あ、カメラマンさんだ。そっち系だ！　やっぱいたんじゃないっすか！」

　甲高い声で捲し立てるので、否定も肯定も挟めない。

「立ち話もなんですから、お店に来てくださいよ！」

「そのつもりで来たの」

「そのつもりって、メイド喫茶ですか」

　強引な客引きのように腕にまとわりついてくるメイドを引き離しながら春桜に問うと、彼女は微笑んで頷いた。

「ほらほら、行きますよ、ご主人様」

　リィと名乗ったメイドが強引に腕を引く。華奢《きゃしゃ》な体に反してものすごく握力が強かった。

　リィの店はテレビのニュースで見たようなコミカルな内装ではなく、ごくありふれたテーブルと椅子が並んだ喫茶店だった。ショーケースからケーキを選ぶと、春桜は御手洗いに立った。

内装は普通の喫茶店でも、目の前を行きかっているのはミニスカートのメイドたち、という環境に馴染めない僕は、たちまち手持ち無沙汰になってしまう。メニューを見返していると「ご主人様、よろしければじゃんけんゲームでもしませんか？」とリィがやってきた。

「いいえ、結構です」

「えー、勝ったら消費税サービスですよ」

「現実的なサービスだね」

「ねえねえ、あなたどうして春桜さんのカレシにならないの？」

店までの道のりで、春桜は僕らの関係を掻《か》い摘《つま》んでリィに話した。自分は彼が好きだけど、彼には他に好きな人がいるの、と聞いたリィは変貌した。はしゃいでいた笑顔が突然曇り、雨より先に稲妻が走った。春桜を愛さない者は、この世の敵なのだ、どこへ行っても。

「春桜さんのカレシになれるなんて、あなたの生涯でもう二度と訪れない幸運よ。わかってる？」

「遠慮しておきます」

「ありえない」

肉のついていない膝を折り曲げると、彼女は僕の横にかしずくように座った。

「恋する春桜さん、あたし初めて見たよ」

二重の瞳をぱっちり開いてリィが僕を見つめる。

「あなたの好きな人、そんなにいい女？　春桜さんよりも？」

「君には関係ないやろ」

「関係ある。あたしは春桜さんが世界で一番幸せじゃないといやなの」

「なんや、それ」

「春桜さんは一番幸せでいてほしいの。そうじゃなきゃいやなの」

リィは決然と言い放つ。

「春桜さんはあたしを救ってくれたの。だからカミサマなの。メガミ？　マリア？　そういう感じ。だから幸せじゃなきゃだめ。一番じゃなきゃいや」

「今でも充分に幸せやと思うで。周りからちやほやされて、大学でも人気者やし」

リィが突然立ち上がった。視線の上下が入れ換わると、そのまま攻守も入れ換わって、リィの表情から謙虚さが消えた。

「あんた、春桜さんが幸せだと思ってんの？」

藤井カヤがマフィアなら、こちらはチンピラのようだ。

「ちやほやされてんのが幸せだって思うわけ？　かわいいから、モデルだから、人気者だから充実してるって？　春桜さん、そんなにおめでたいバカじゃないからね。春桜さんの幸せはそうじゃない。そんなんじゃねえんだよっ」

リィはメイド服を着たただのヤンキーと化していた。胸倉を掴まれたわけではないけれど、彼女が元々はそっち方面の出身だということは眼光の異常な鋭さを見ればわかる。

「春桜さんは優しいから周りを裏切らないようにしているだけなんだ。勝手に人気者に祭り上げておいて、それが春桜さんの幸せだなんて押しつけもいいとこだよ。なんでもかんでも春桜さんに押しつけるなよ。みんなわかってないんだよ、本当の春桜さんのこと」

「君はわかってるの？」

リィは不貞腐《ふてくさ》れた子供のように口を尖らせると、自分の黒い靴の爪先に目線を落とした。リィの頭の中ではさまざまな言葉が、ぐるぐる回っているのだろう。

「あたしさ、男追いかけて東京に来たんだ」

その中から掬い取ったものが身の上話だったことに、僕は内心がっかりした。けれどそれを顔に出したら今度は殴られそうなので黙って聞いた。

「暴力振るう男と離れられなくて地獄のループをさまよってた。最終的に金がなくなってクラブで大ゲンカになったの。トイレに連れ込まれてボコボコに殴られた。それを助けてくれたのが春桜さんだった」

「それは…まあ、女神、って感じやな」

「殴られて朦朧《もうろう》としてたからさ、本当に女神様が舞い降りてきたように見えたんだ。春桜さん、あんなに細い腕してるのに、男ぶん殴ってさ、ブーツで股間蹴り飛ばしたんだよ」

リィは思い出したように笑った。

「キレた男が春桜さんに飛びかかったら、どこからともなくカヤが飛び出してきて瞬殺よ。あんた、アイツには注意した方がいいよ。春桜さんになんかしたら、カヤに殺されるよ」

「その男の人は？」

「さあ。死んでるかもね。藤井カヤって何者？　春桜さんは友達って言ってるけど、未だに納得できないんだけど。実は殺し屋なんじゃないの」

「僕が知るわけないやろ」

「それから、行く当てがないって言ったら春桜さんが全部揃えてくれたの。部屋も服も仕事も」

「ここ？」

「ここは自分で探した。春桜さんが見つけてくれたバイト先、先月潰れちゃってさ。次の仕事も見つけてあげるって言われたけど、世話になってばっかりなのもよくないでしょ」

「それでメイド」

「昔はジャージにサンダルばっかりだったから、フリフリしてみたかったの」

レースの付いたカチューシャを整えてリィは甘えた声を出した。

向こうから春桜が戻ってくるのが見えると、リィはそっと耳打ちをした。

「カヤも怖いけど、覚悟しときなよ。春桜さん傷つけたら、迷わず殺しちゃうからね、ご主人様」

「何の話？　またじゃんけんゲーム？」

春桜の声に振り返ったリィはメイドの顔をして身体をしならせると「ボロ負けよ、ご主人様。残念でした！」と笑って奥へ消えていった。

「負けちゃったんだ。私もやりたかったな」

春桜が前に座る。ＤＶ男をぶん殴って股間を蹴り飛ばした時は、どんな顔をしていたのだろうと想像すると、なんだか笑えた。

「なあに、秋葉くん」

「いえ、なんでも」

裏掲示板に死ねと千回書き込みされるより、殺しちゃうからね、と耳打ちされた方が清々《すがすが》しいなんて不思議だ。

「おまたせしました、ご主人様」

リィがプリンと、アイスクリームがのった焼きたてのアップルパイを運んできた。盛られたアイスクリームのサービス具合に感激している春桜を見てリィが照れくさそうに笑った。

「プリンにはたっぷりおまじないしときましたよ」

「おまじない？」

「秋葉が春桜さんを好きになるようにね」

ヒラヒラとスカートの裾を翻しながらリィは厨房へ消えていく。僕が眉を顰《ひそ》めてテーブルに置かれたプリンを睨んでいると、春桜がぷーっと吹き出して笑った。

「秋葉くんって素直な人ね。そんなに悩まなくてもいいじゃない」

声を上げて笑い出した春桜に、僕は目を丸くした。

牧村春桜はいつでもどこでも笑顔だ。雑誌の中でも大学の構内でも、判で押したように同じ、自然体のふんわりした笑顔。それが作り物めいているとは言わない。けれど、彼女のこんなあけすけな感じを見たのは初めてだった。

ひとりの少女を救った女神様は、一体どんなしあわせを求めているのだろう。アップルパイを頬張りながら目を細める春桜のしあわせを、僕なりに想像してみる。

かわいい服を着て華奢な靴を履いて街を誰かと一緒に歩く。それが好きな人だったらなおさらいいだろう。映画を見て食事をして、たまには遊園地なんかへ行って遊んで、手を繋いで抱き合って、いずれは結婚して子供が生まれて親になる。小さな枠の中にあらかじめばら撒かれているしあわせを、ひとつひとつ拾いながらアルバムに収めていくような人生。

考えているうちに、想像の中で赤ん坊を抱き上げて笑っているのは春桜ではなく幼馴染の女の子にすり替わっていた。僕の幼馴染はそんな生き方を、流れ星に心を込めてお願いするような子だった。僕はそういう彼女をかわいいと思っている。彼女がそんなふうに生きていければいいなと祈っている。

その青写真を牧村春桜にも合わせてみようとするけれど、焦点がぼやけてうまく像を結べない。〝桜姫〟のしあわせなんて、平民の僕には想像もつかない。

「秋葉くん、プリン食べるの、そんなに怖いの？」

ちっとも手をつけない僕に気が付いて春桜が不安そうに聞いた。

「え？　食べますよ」

慌てて口に入れると強い甘みが耳の上辺りにキンと響いた。

「おまじない、効くといいな」

僕は手を止めた。

「秋葉くんが私を好きになるといいな」

歌うように春桜が呟いた。

6

メイド喫茶を後にした僕らは、秋葉原を目的もなく歩いた。神田方面へ向かっていくと、だんだんと街も人も毛色が変わってきた。ただどこを歩いていても、すれ違う男も女も春桜を振り返って見ていた。

「どうしてリィさんと会わせたんですか」

「楽しくなかった？　メイド喫茶」

「僕を楽しませようとしたんですか」

「ちょっと違うかな。私のことをもっと秋葉くんに知ってほしいなって思ったの。自分のことを知ってもらう近道って、友達に会わせることでしょ。私はジンくんを知ってる。だから秋葉くんにも私の友達に会ってほしかったの。カーヤとは学校で会えるけど、リィはこっちから行かないと会えないから」

「リィさんを介して、牧村先輩を知るってことですか」

「そう。なかなか自分のことって上手に伝えられないから」

春桜がはにかんで笑う。

彼女についていろいろ知っているつもりでいた。けれど、春桜が僕に伝えたかったのは、情報ではなく、生身の自分自身だったのだろうか。

「ジンを介して僕のことはどう思っているんですか」

「ジンくんはとっても明るくて、一緒にいるだけで楽しい人。でもすごく真面目で、察する力があって、気配りができるとてもいい人。そんなジンくんと仲良しになれる秋葉くんもいい人」

「なんですか、それ」

呆れて笑うと、春桜は小学生が標語を読むような口調で、「類は友を呼ぶの」ときっぱりと断言した。

「ジンがいい人なら、僕もいい人ってことですか」

「そうよ」

「じゃあ、リィさんが生意気ってことなら、牧村先輩も生意気ってことですね」

予想外の答えだったのか、春桜はきょとんとして、それから弾けたように笑った。人目も気にせず往来の真ん中で腹を抱えて笑う。類は友を呼ぶというのなら、あの殺し屋のような目をした藤井カヤも、こんなふうに無邪気に笑うことがあるのだろうか。

「それはちょっと疑問やな」

「え、なあに」

「いえ、なんでもありません。それより先輩、この間の桐原さんの件、迷惑掛けたみたいでほんまにすみませんでした」

麗奈ちゃんの名前を出すと、春桜は笑うのをぴたりと止めた。

「ちょっと困っちゃったよ」

優しく睨んでくる。けれどすぐに表情を戻して「麗奈ちゃんに悪いことしちゃったみたい。秋葉くんに迷惑かかってない？」

「いえ、僕は全然」

そもそも相手にされていない。

「よかった。秋葉くんの恋路の邪魔をするのはフェアじゃないものね」

僕の恋路は一方通行で、邪魔どころか麗奈ちゃんに通じているのかもわからない。

煩悶《はんもん》している僕の隣で、春桜が突然足を止めた。

「冬月姉さん？」

交差点の横断歩道の真ん中で急に立ち止まったと思ったら、春桜は何かに向かって猛然と走りだした。

春桜の背中がはしゃいでいる。春桜を見て有頂天になる人間はたくさん目にしてきたけれど、春桜を有頂天にする人間なんて初めてだ。

「冬月姉さん、久しぶり！　お仕事の帰り？」

「ええ…」

突然の春桜の登場に、信号待ちをしていた女性は虚を突かれたような顔をしていた。

「みんなは元気？　千景や茜は？」

「元気よ」

「冬月姉さんはどう？　花粉症は大丈夫？　この時期になればもう大丈夫なのかな」

僕は春桜の横に立っていいものかわからず、歩道脇の植え込みの前からふたりの様子を眺めていた。

春桜は声も体も前のめりで、まるでご主人様の帰りを待っていた犬のようなはしゃぎぶりだ。捲し立てる春桜に対し、ご主人様の態度はクールだった。

会社員風の女性は春桜よりだいぶ年齢が上に見えた。目も鼻も顎も掛けている銀ぶちのメガネさえもみんな尖っていて、それらが彼女を知的でクールな感じに見せていた。

春桜は『冬月姉さん』と呼んでいた。フユツキ。冬。

僕はあっと思った。この女性が春桜の姉だ。

「秋葉くん！」

突然春桜がこちらを向き、ぱたぱたと手まねきをして呼ぶ。どう紹介されるのだろうかと内心びくびくしながら春桜の横に立った。

女性の目が僕へ向けられる。何も悪さをしていないのに気まずい感じがした。生徒から恐れられていた中学の生活指導の教師の前に立たされる時の緊張感を思い出した。

「冬月姉さん、紹介します。こちら、同じサークルの羽田秋葉くん」

メガネの向こうの目が僕を点検するように見ている。

「はじめまして、羽田です」

下げた頭を起こした時には、もう冬月の視線は僕にはなかった。

冬月は僕という存在を自分のテリトリーから削除していた。目には見えないけれど、僕が発した『はじめまして』は、冬月が築いたガラスの壁に突き当たって僕の足元に落ちていることだろう。

「秋葉くん、こちらは冬月姉さん。私の姉なの」

春桜は姉の様子などお構いなしにうれしそうに続けた。こんなに露骨に築かれている壁が春桜には見えていないのだろうか。

顎の頂点に合わせて切り揃えられたストレートヘアから半分のぞく冬月の横顔は、信号だけに向けられて微動だにしない。

春桜が話しかけている間に、信号が赤から青に変わる。迷いなく冬月が歩きだしたので僕はびっくりした。ヒールの踵を鳴らして横断歩道を闊歩《かっぽ》する冬月の後を、春桜は小走りについて行く。僕は狼狽しながら春桜の後を追った。

「冬月姉さん、これから食事にでも行かない？」

「行かないわ」

「そうだよね。千景も茜もお義兄さんもいるものね。ごめんね。でもうれしいな、こんなところで会えて。またそっちに遊びに行ってもいい？」

「暇になったらね」

僕は絶句した。

交差点を右折する信号の前でまた立ち止まった冬月の横にくっついて、春桜はにこにこしていた。

「千景はいま、何のゲームが好きかな。茜のお洋服のサイズは変わった？　またプレゼントしたいから教えてくれる？」

「子供たちになんでも買い与えるのはよして」

冬月は舌打ち交じりに言った。彼女の苛立ちが伝わってきて僕はおろおろしてしまう。

「あのね、冬月姉さん」

まだ話しかけるのか。なんて強い心だ、この妹は。

「秋葉くんって秋に、葉っぱって書くのよ。それで、夏芽ちゃんって妹がいるのよ。夏に芽吹くって書くんだって」

「へえ」

冬月の化粧っ気のない一重《ひとえ》の瞳が僕に向けられる。姉の反応がうれしいのか、春桜は表情を輝かせた。

「夏に秋よ、夏に秋」

「うちと合わせたら春夏秋冬ね」

「そうなの！　すごいよね！」

春桜は手を打って、わくわくした目で冬月と僕を交互に見た。

「でも嫌いなのよ、私」

無邪気に突っ込んでいってガラスの壁に弾き飛ばされた春桜を見て、冬月は目を細めた。春桜を嬲《なぶ》るような薄笑いに、僕は背筋が冷たくなった。

「この名前、嫌いなの」

信号が青に変わった。春桜は笑顔を張り付けたまま、固まっていた。

「くだらないことばかり考えるのは結構だけど、私に迷惑かけないでね」

にべもない態度で、冬月は向こうへ渡って行ってしまった。

「またね、冬月姉さん！」

我に返った春桜はとびきりの笑顔を作ると大きく手を振って、彼女の背中が見えなくなるまで見送っていた。冬月の歩き方は振り返るような余韻を残していないのに、春桜は彼女が振り返るのを待っているように見えた。春桜の瞳には祈りのような熱があった。僕はなんだか、見てはいけないふたつのものを見てしまった気分になった。

スーツの後ろ姿が雑踏の中に消えてしまうと、春桜はようやく思い出したように僕の方に振り返った。

「私たちも帰ろうか」

「……はい」

春桜の横を歩く。夜風には夏の気配が混ざっていて、肌にも唇にも甘く感じられた。

「もう夏ね」「もう夏ですね」

僕らは同時に同じ言葉を発して、顔を見合わせて笑った。

春桜の笑顔が冬月に会う前と変わっていないことに、少し安堵した。

「秋葉くん、今日はありがとう」

「いえ。迷惑かけたのは、僕やから」

「私は迷惑なんて思ってないよ。メールアドレスのひとつで秋葉くんとデートできるなら、もっともっと誰かに教えて回っていいわよ」

返す言葉に戸惑っていると、春桜は肩を竦《すく》めた。

「それは嘘だけど」

春桜は足を止めると、もう一度後ろ髪を引かれるように振り返った。その先の雑踏を見つめながら、彼女はそっと呟いた。

「春と冬を繋ぐのは、夏と秋」

「え？」

聞き返した僕と目を合わせると、春桜は真っ直ぐに言った。

「だからやっぱり私、秋葉くんが好き」

強烈な夏が始まるのだと、彼女の燃えるような瞳に予感した。

第3章　六角ボルト

1

翌週も春桜《はるか》は図書館へやってきてアルバイトが終わるのを閲覧席で待っていた。

「あの、こういうのは困ります」

「早く早く、遅くなっちゃう」

図書館を出た途端、春桜は僕の腕をおもむろに摑んで、綱引きのようにぐいぐい引っ張った。

「どこ行くんですか」

「神田よ」

他にどこがあるのよ、といった口調で春桜は言った。

強引に神田まで連れて来られると、春桜はしきりに腕時計を気にしながら小走りに駅を出て、大きな交差点で立ち止まった。

「一体、何なんですか」

朝からみっちり講義を受けて図書館の閉館までアルバイトをしてきた僕ははっきりいって疲れていた。お腹もすいていた。やらなければならないレポートもあった。彼女のペースにはまらないように細心の注意を払っているつもりなのに、この人は僕の心の手前に立て掛けられた《立ち入り禁止》の立て札なんて目もくれないで入り込んでくる。

春桜は何かを探すようにきょろきょろしていた。

「迷ったんですか」

「ここだったわよね」

「なにが」

「先週冬月《ふゆつき》姉さんと会ったところ」

もしかしたら食事がしたいとか、デートがしたいとか、部屋に来ないかとかそういうことかもしれないと、心のどこかでやましいことを考えていた僕は目を丸くする。

「それで」

「会えないかなあって」

「それでここに来たんですか」

「そうよ」

春桜は僕を見ずに答えた。関心はすっかり僕ではないところにいっている。

爪先から疲れがせり上がってきて、そのまま一気に頭まで浸かった。

「帰ります」

「ええ？　どうして。冬月姉さん来るかもしれないじゃない」

「ひとりで会えばいいじゃないですか」

「春と冬を繋ぐのは秋なのっ」

ぬいぐるみでも抱くように僕の腕を抱え込んで春桜は決然と言った。

僕はぐったりしながらそのまま二時間も春桜に付き合わされた。ただ交差点で立っているだけという、罰ゲームのような格好で。

恐ろしいことに翌週も春桜は同じ時間に図書館へやってきた。いやがる僕を捕まえると、駅へ引きずって行く。

「また神田ですか」

「うん」

「僕、ものすごく疲れてるんです」

「チョコレート食べる？」

春桜は鞄の中を漁りだす。混雑している電車に揺られながら泣き出したくなっていると、やましい内心を隠しきれない中年の男が目の端に映った。春桜の後ろから彼女のうなじのあたりを舐めるように見降ろしている。

「はい。甘いもの食べるといいんだよ」

「知ってますよ」

さりげなく立ち位置を換わり、春桜を扉側に押しやると、後ろから露骨に舌打ちが聞こえた。男の妄想の糧《かて》にされていることに気づきもしないで、春桜は包み紙を開くとチョコレートの粒を僕の唇に押しつけてきた。

「今日は会えるといいな」

こちらの邪気を吸い取ってしまうような笑顔で言うから、チョコレートの甘さが余計口の中で際立った。それは疲労感を緩和させるどころか、一層ぐったりさせる甘さだった。

神田の交差点に立つと、春桜の意識は四方へ放たれる。その網の中に僕はいない。うんざりしながらガードパイプに寄りかかった。日が延びて、空はまだ白い。湿気に覆われた街はどこもかしこも機嫌が悪い。

春桜は先週と変わらずきょろきょろと辺りを見渡している。

その背中に既視感を覚えた。なんだろうと考えるけれど思考のボールはレーンを転がるだけでピンを撥《は》ねなかった。

一時間経っても事態は動かないので、携帯電話をいじるのにも飽きて、こんな道の真ん中だけど投げやりな気持ちで本を開いた。

物語の中へ落ちていくと雑音が意識から遠のいていく。しばらくして文字の輪郭がぼやけてきたのを感じて顔を上げた。いつの間にか街灯が灯され、信号の色彩もくっきりとしてきた。時計を見るとここへ来てから二時間半も過ぎている。春桜は少しも動いていない。

僕は本を閉じた。

「もう今日は帰りませんか」

「そうね」

まだ帰りたくない意志を含んだ声だ。溜息を吐いて、また緑色のガードパイプに腰をかける。その時、先ほどの既視感の行方が明確な記憶を捕えた。

バレンタインか卒業式か、イベントごとのある日、学校の校舎のどこか。意中の相手が来るのを待つ女の子が期待と不安に飲み込まれて立ち泳ぎをしているような背中。ようやくストライクの手ごたえを感じられてすっきりした。そうしたらますます僕の仕事は終わったような気になった。

「僕、帰りますね」

「ええ？　待って。もう少しだけ」

「腹減ったし」

「あとでおごるわ、ね？」

微妙な選択肢を与えられて、僕は眉間を揉んだ。のこのこと食事なんかに釣られてしまったら、どうなる。考えるまでもない。既成事実はひとつでも少ない方がいいに決まっている。

「帰ります」

「待って！　お願いよ、秋葉《あきは》くん」

「もう勘弁してください」

腕を摑んでくる春桜を引き離して、僕はあえて冷静に言った。春桜は困ったような顔をした。

「冬月姉さんが来るかもしれないのに？」

「僕には関係ないやないですか」

「だって春と冬を繫ぐのは」

春桜が言い終わる前に僕は歩きだした。彼女は慌てて追いかけてくる。背中から拒絶の空気を発してみても春桜には通じやしない。彼女にとって空気は吸うもので見えるものではないのだ。

腕にまとわりつこうとする春桜を振り切って僕は進む。追い縋《すが》る美女と振り切る僕の様子は、まるで貫一・お宮の図だ。有名なワンシーンの貫一のように春桜を足蹴にできたらどんなにすっきりするだろう。

「行かないで、秋葉くん！」

春桜が手を伸ばしたその時だ。

「春桜っ」

時間を制止させてしまうような声が響いて、僕と春桜は同時に動きを止めた。交差点の街灯の下に冬月が立っていた。

銀ぶちのメガネの奥から冬月が僕を見つめている。

「あなたたち何をしているの」

春桜はこの間と同じようにうれしそうな顔をして冬月に駆け寄った。

「秋葉くんのお買い物に付き合ってあげていたの」

しゃあしゃあと嘘を吐くのでびっくりした。けれどその顔を冬月に見られてしまい、頷くように俯《うつむ》いた。

冬月は僕と春桜を点検するような目で見つめてくる。そのまま中学校の正門に立たせたら制服の乱れを許さない生活指導の教師そのものだ。

「冬月姉さんはいま帰り？」

「ええ」

「これから私たち食事に行こうと思っているんだけど、冬月姉さんもどうかしら」

春桜が誘っているのに、冬月はしばらく僕の方をじっと見つめていた。無機質な視線の内包に隠されている感情が全く読みとれない。冬月の中にどんな設問があり、どんな回答を導いてそうなったのかはわからないが、彼女は「いいわよ」と答えた。

枕元に下げた靴下の中にプレゼントの箱を見つけた十二月二十五日の子供のように春桜は喜んだ。冬月はにこりともしない。対極のテンションをどう扱えばいいのか戸惑っていると、冬月はさっさと歩き出した。

「和食でいいわね」

「もちろんよ」

春桜は冬月に小走りについて行く。誰も僕に構わない状況に辟易《へきえき》しながら春桜の後を追った。

冬月に連れられて入った店はカウンターと二席のテーブル席しかない料理屋だった。和装の女将《おかみ》が持ってきたメニューを開くと夏野菜がメインの品が並んでいるが、そのほとんどに価格表示がされていない。

冬月は気にもかけない様子だし、春桜に至ってはメニューすら見ていない。ここは冬月に任せてしまえばいいのだろうかと思っていたら、ふいに顔を上げた冬月が「羽《は》田《だ》くんは何がいいの」と聞いてきた。僕は慌てて価格が低そうなものを選んだ。

「茄子の揚げだしで」

「他には」

「な、夏野菜の煮凝《にこご》り…」

「メインは？」

「ええっと」

「冬月姉さんは？」

「天ぷらにしようかしら」

「私も同じのにするわ」

「羽田くん、お酒は」

「未成年なので」

「あらそうなの」

冬月は意外そうな顔をした。

注文を済ませると一番に冬月が頼んだ冷酒がテーブルに届いた。春桜は当然のようにガラスの盃《さかずき》に酌をしてやった。春桜のことを桜姫と呼んで崇める男たちが見たら夢のような酒を、冬月はありがたくもなんともない顔をして一気に飲んだ。

「今日、子供たちは？」

「彼の実家よ。じゃなかったら真っ直ぐ帰るに決まっているでしょ」

「そうね」

春桜がぺろりと舌を出すと、冬月が舌打ちした。僕は慌てて話を続けた。

「子供って、牧村先輩の甥か姪になるんですよね」

「うん。甥の千景が五歳で、姪の茜が三歳なの。写真見る？」

返事もしないのに春桜は鞄の中から手帳を出して、その間に挟んであった写真を見せた。

つるんとした肌をした男女の子供が写っている。

「千景くん、牧村先輩に似ていますね」

言った途端、前の席からまた舌打ちが放たれる。僕は慌てて解答を探るように写真を眺めた。

兄の千景は少女のような柔らかい目許をしていて、妹の茜は目も鼻も顎もツンとしているところが冬月によく似ていた。けれどそれを言ったらまた冬月に舌打ちされそうなので黙っておいた。俗な言葉を使えば、千景はかわいらしくて茜はそうではなかった。

「ふたりともとってもかわいいの」

春桜はとろけるような目で写真を見つめている。けれど容姿のことをこの人の口から語られたくないと少しだけ思った。冬月は、十倍そう思っているような苦々しい顔をしていた。

「羽田くんも文学部なの？」

話題を変えたいのか、冬月が聞いた。

「いえ、僕は工学部です」

「二年生？」

「一年です」

「ふたつも離れているのね」

春桜と一緒にいるには頼りないという意味だろうか。冬月の視線やきびきびとした話し方はこちらをとにかく緊張させる。質問というより詰問なのだ、口調が。

「アクセントが西の方みたいだけど」

「大阪です」

「どのあたり」

「東大阪です」

「ご実家は工場か何かを営んでいるの？」

「どうしてですか」

「東大阪のただのイメージよ」

「いえ。父は普通のサラリーマンで、母は専業主婦です」

「専攻はなに」

「航空工学です」

「就職はこっちでするの」

答えながら横目で春桜を見ると、彼女はにこにこしながら冬月を見ていた。

「はい、できれば…」

「ご兄弟は?」

「妹さんがいるのよ。夏芽《なつめ》ちゃん」

春桜が代わりに答えた。冬月は彼女の方をちらりとも見ない。

だんだん怖くなってきた。まさか冬月まで春桜と結婚しろとか言いだすのではないだろうか。感情表現に温度差はあるものの、探りを入れているような質問ばかりだ。妹の結婚相手として見られていたらどうしようと思うと、背中にいやな汗をかいた。

「あ、カツオがある。夏ですね」

壁に掛かっているメニューボードに目を移して僕はさりげなく話題を変えた。

「食べたければ食べたら」

冬月はにべもない返答をした。

食事が揃うと冬月の質問攻撃は止んだ。黙々と箸を動かす冬月の代わりに、春桜がひたすら喋り続けていた。それに対して冬月は一切反応しないので、僕が相槌を打つはめになった。せっかく久しぶりにいいものを口にできているはずなのに、さっぱりおいしくなかった。

食事を終えると余韻に浸ることなく冬月が立ち上がったので、僕たちも席を立った。カウンターに寄って行ったのは春桜だった。会計を申し出る春桜に驚いて慌てて財布を出すと、冬月が止めた。

「いいのよ、あなたは」

「そういうわけには」

僕は勝手に冬月が支払うものだと思った。冬月に奢られるのと春桜に奢られるのでは意味合いがかなり違ってくる。

「うちでは食事に誘った方が支払いをするルールなの」

ルール、という言葉が冷たくて硬かった。後で春桜に支払おうと思い、一旦財布をしまいかけた。その時だ。

「あなた、今度うちに来なさい」

「は？」

「ひとり暮らしだと、ろくなもの食べていないでしょ」

冬月は僕の二つ折りの財布の間に素早く名刺らしきものを挟みこんだ。目を見開くと、片頬を上げて「ワンコールしなさい」笑ったように見えた。

財布に挟まれていたのは冬月の名刺だった。名の通った出版社のエディターの肩書の下に風間《かざま》冬月とある。部屋に戻ってから、それと向かい合っているうちに、どんどん気が抜けてくる。なんだかよくわからない食事会だったので、空腹を感じてカップラーメンにお湯を注いだ。

ラーメンを啜《すす》りながらテーブルに置かれた名刺に視線を落とす。『ろくなもの食べていないでしょ』という言葉が蘇ってきた。

冬月は僕をどうする気なのだろう。そもそもあの姉妹はなんなのだろう。姉妹間に『ルール』があるなんてろくなものではない。とても温かい家族愛が通っているようには見えない。

纏わりつく妹と、煙たがる姉。その構図はそのままうちと同じだ。そう考えると風間冬月という人間に興味が湧いてくる。僕は名刺を翳《かざ》して、冬月の名を上目で見つめた。

そしてラーメンを食べ終えると同時に名刺の携帯電話の番号に掛けてみた。言われた通りワンコールして切る。冬月の携帯電話の不在着信に僕の携帯電話の番号が記されただろう。僕の周りには口では「妹なんて鬱陶しい」という人間はいても、本気で無視を決め込むような人間はいなかった。もしかしたら僕と冬月は同類なのかもしれないと、少しだけ期待した。

2

ほどなくして冬月から連絡があった。日時と場所と電車の乗り継ぎ方法を、彼女は業務連絡のように伝えた。彼女は春桜には秘密だとか言わなかった。けれど僕はそれを春桜に言わずにおいた。幸い、大学構内でも会わなかったし図書館にも現れなかった。

冬月の家は駅から近いマンションだったので、すぐに辿り着くことができた。東京に来てからジンのナビゲーションなしに知らない場所へ来たのは初めてのことだった。エレベーターで四階に上がった途端、僕は急に緊張を覚えた。知らない場所どころか、女性の、しかも人妻の部屋に行くなんてあまりにも無防備すぎやしないか。手土産を持って行くのが礼儀かもしれない、と思いついて駅へ戻ろうと踵を返した。

その時だ。

「お兄ちゃん、ハルちゃんのお友達？」

足元から声がして見下ろすと、そこに夏芽くらいの背丈の男の子が立っていた。

「ハルちゃん…、牧村先輩のこと？」

「こっちだよ。こっちこっち」

警戒心のないつるつるの手が僕の手を引っ張った。幼い子供の体温の高い手のひらに、全身が粟立《あわ》った。

「君は？」

さりげなく子供の手を離し、尋ねる。

「僕はハルちゃんの…メイ？　オイ？　ハイ？」

「甥よ」

同じ色で並んでいる扉のひとつが開くと、中から冬月が顔を出した。その足元には小さな女の子がくっついている。女の子は冬月を彷彿とさせる顔をしていた。料理屋で春桜が見せてくれた写真の兄妹だ。

「どうぞ入って」

「あの、僕、手ぶらで来てしまって。すみません」

「わー、お兄ちゃん、関西弁だ！」

下から春桜の甥が感動したような目で僕を見上げてくる。

「カンサイベンってなに」

冬月ジュニアと化している女の子が尋ねると、甥が得意満面に言った。

「お笑いのひとの言葉だよ」

「違うわよ。お兄ちゃんは大阪の出身なの」

「シュッシンってなに」

「生まれたところ」

冬月が説明するとふたりの子供は感心したように頷いた。

「この子たち以外に誰もいないからおかまいなく」

「旦那さんは？」

「いるわけないでしょ。こっちが千景で、これが茜」

千景は無邪気に「こんばんは」と言ったが、妹の茜はぷいっと部屋の中に戻って行ってしまった。

千景に押し込まれるように部屋に入ると、味噌汁のいい香りが漂っていた。冬月はスリッパを置くと奥へ行ってしまう。

恐る恐る上がり込んだ部屋は、いわゆるファミリータイプのマンションだった。

リビングには子供用のカラフルなソフトマットが敷かれ、その上にはプラスチックのおもちゃや人形や本が散乱している。数年前の我が家を見ているようだった。

「適当に座って」

対面式のキッチンの中に立つ冬月は、当然スーツではなく、洗いざらしのシャツの上に黒いエプロンをしていた。それだけでまるっきり違う女性のように見えた。力の抜けた肩に母性というストールを羽織っているような感じだ。

「ふたりとも食事の前に片づけなさい」

キッチンの向こうから冬月が言うと、兄妹は動き出す。千景は床に落ちているプラスチックの人形をチェストの横のバスケットの中に入れていく。手持ち無沙汰だった僕は、ままごとで使うようなリンゴやバナナをバスケットに入れるのを手伝った。

「千景くんは、五歳やっけ？　年長さん？」

「年中だよ。茜は三歳でうさぎ組さん」

「やっぱり男の子は大きいな」

「羽田くんの周りにもこの子たちくらいの子供がいるの？」

キッチンから聞いてきた冬月に「妹、今年六歳なんです」と返す。

「お兄ちゃん、妹いるの。どんな子」

標語を読み上げるような無機質な感じで茜が聞いてくる。おかっぱに切りそろえられた黒い髪と、意志の強そうな濃い眉が見れば見るほど冬月に似ている。

「泣き虫で甘えん坊、やな」

「お兄ちゃんたちは似てる？」

「顔？　まあまあ似てるで」

「ねえねえ大阪ってどんなところ？　お笑いの人いっぱいいるの？」

僕と茜の間に千景が入ってくると、茜は躊躇《ためら》いのない力で千景を突き飛ばした。

「あたしがしゃべってるでしょ」

「仲間に入れてよ」

「やーよ」

千景は反論せず、片付け作業に戻った。ほんのり目が潤んでいた。

「茜ちゃん、千景くんにそんな口をきいたらあかんで」

「あかんてなに」

「いけませんってこと。茜ちゃんも片付けよう」

「いや。それもあれもちーちゃんのおもちゃだもん」

「これは茜の本だろ」

千景が反駁《はんばく》すると、茜は足元に落ちていたソフトビニールでできた怪獣のおもちゃを千景に投げつけた。

「こら、茜ちゃん。危ないやろ」

茜はぷいっと頰を膨らませて顔を逸らした。わがままな仕草が夏芽によく似ていた。末娘というのはやはりスポイルされてしまうのだろうか。

「茜ちゃん、お兄ちゃん、この本片付けたいんやけど、どこに置いたらええの？」

「ほんだな」

「本棚ってどこ。お兄ちゃん図書館で働いとるから本並べるの得意やから教えて」

「図書館で働いてるの？　いいなあ」

千景が振り返った。茜は不貞腐れたままおもむろに僕の腕を引くと、「こっち」と連れて行く。僕が本棚に絵本を並べていくと、茜は助手のように床の上の本を運んできてくれた。

「ごくろうさん。きれいになったな」

目を合わせて褒めてやると、茜のしかめっ面がくにゅっと緩んだ。

「お兄ちゃん、こっちも手伝って」

千景に呼ばれてブロックを片付ける。自然と茜も手を動かした。すべてのブロックをクリアボックスに入れ終わると、夏芽にしてきたように茜と千景の頭を撫でてやった。ふたりは少し面映ゆいような顔をした。

「三人とも、できたわよ」

冬月の声がキッチンからして、僕は兄妹に押されて食卓の席に着く。ふたりは僕の隣にどちらが座るかで大いにもめ出した。

「喧嘩していると外に出すわよ」

冬月が目を光らせるとふたりはぴたりと言い争いをやめた。千景が身を竦めるので本当に外に出されたことがあるのかもしれない。

テーブルに並べられた食事は豪勢だった。コンビニの弁当かカップ麺が多い僕にとって、炊きたての米とインスタントではない味噌汁と、揚げたてのトンカツは何よりのごちそうだ。

「いただきます」

千景と茜は母親に促されなくても手を合わせた。手元の危うい茜の食事に付き添いながら、冬月は僕にも食事を勧めた。

誰かの手料理も、いただきますを言ったのも久しぶりだ。味噌汁を一口啜ると、深いだしの味が胃に沁みた。

「うまい」

冬月が小さく微笑んだ。その顔からは生活指導の教師といった雰囲気は消え、小さな子供を抱えている『お母さん』の柔らかさがあった。

子供たちはよく笑いよく喋った。冬月は彼らの話をよく聞いた。躾には厳しいけれど冷たい母親ではないらしい。

食器を下げ、子供たちがテレビのアニメに夢中になってしまうと、僕たちは食卓で向かい合って麦茶を飲んだ。

「ご実家は近くなんですか？」

「春桜とはそういう話はしないの？」

「落ち着いて話す機会も少ないので」

「落ち着きのない子だからね」

冬月は呆れたように言ったが、いつもより毒が少ない。僕はこの空間と満たされた食事のおかげで彼女に慣れてきたのか、「そうですね」なんて笑うゆとりが生まれていた。

「私たちにもう実家と呼べるところはないわ」

冬月は言いながら立ち上がる。目でついて来いと言うので僕も席を立った。キッチンの横の襖を開けると、冬月は和室に入って行った。続くと、千景たちが見ているアニメの声が遠のいた。

六畳ほどの和室は書斎として使われているようだった。デスクの上にはパソコンやスキャナー付きのプリンターなど一通りの仕事ができそうな機材が揃えられていた。デスクの主を特定させる雑貨類は一切なかったけれど、白い革の椅子の風合いが女性的だった。

冬月が立ったのは小さな仏壇の前だった。仏壇といえば部屋のメインとして鎮座している大きなものしか見たことがなかったので、チェストの上に家具の一部のように置かれているコンパクトな仏壇はおもちゃのように見えた。

「うちの両親はもう亡くなっているの」

僕は冬月の顔を見た。彼女は感傷的でもないふうに仏壇の中の写真を指した。

「母は春桜が小学校に上がる前に。父は春桜が高校生の頃に」

若い女性と、中年の男性が別々の写真立てに飾られていた。

僕は絶句した。

白いシャツを衒《てら》いなく羽織って、公園のような場所で微笑んでいる写真の中の女性は若々しく、だからこそ現在の春桜に瓜二つだった。

男性の方も白いシャツ姿だったけれど、彼が着るとそれは研究者の白衣のような神経質さを孕んだ。濃い眉と尖った鼻、禿《は》げた頭にボブカットのかつらを被せたらそのまま冬月だ。

神様はこの姉妹に残酷な選り分けをしてしまったなと思った。

「あなたが何を考えているのかわかるわ」

驚いて写真から視線を外した。表情を繕うけれどもう後の祭りだ。冬月は片頬で笑った。

「いいわよ。今まで数えきれないくらいその反応見てきたから」

「すみません」

「謝る方が失礼よ」

どう対応するのが正解なのかわからなくてどぎまぎする。

冬月は仏壇を眺めながらひとりごとのように言った。

「一度も姉妹に見られたことがないわ。腹違いだって周りから揶揄《やゆ》されたことも数えきれない。でも正真正銘私たちは姉妹。私の顔に母の要素がひと欠片もなくて、春桜の顔に父の要素が全くなくてもね」

ご愁傷様ですというように僕はうなだれてしまう。僕もコンプレックスだらけの人間なので、冬月の心中は充分に察することができた。

「二十歳の時、初めて恋人ができて家に連れて行ったら、その人春桜に恋をしたわ。まだ十歳の小学生によ。ロリコンかって気持ち悪くなってすぐに別れた。でもその人が特別だったわけじゃなかった。みんな春桜を好きになるの。父親だってそうだったもの。愛されるのはいつだって春桜。それが自然の摂理《せつり》のようにね」

僕たちはそのまましばらく黙っていた。千景と茜が見ているテレビの音が解読不明な暗号のように部屋に響いた。

冬月の丸みのない肩を見つめていると、記憶の地層の中にある〝ある日〟がするりと目の前に落ちてきた。家族が食卓を囲んでいる光景。母と妹と、血の繫がりのない父のファミリーポートレート。

夕食の時間に遅れて帰った時、初めて客観的にその家族を見た。三人の姿があまりにも完成されていて、自分はその中のどこを担えばいいのだろうかと途方にくれた。

「うちは腹違いですけどよう似てます」

六歳の頃の僕の写真にマジックでおかっぱ頭をつけ足せば、そのまま今の夏芽になるほど僕らの外見はよく似ている。

「既成事実みたいに名前に季節が入っていますけど、そんなことせんでも充分兄と妹」

冬月の目が次の言葉を待っているのがわかった。彼女もまた、僕にシンパシーを感じているのだろうか。

「ほんまの親父は蒸発して、それから二年もしないで妹ができて母は再婚しました。父親が違うのに僕と妹は名前も顔もそっくりで、時々ものすごく気持ちが悪くなります」

「妹さんが嫌いなのね」

僕は躊躇せずに答えた。

「はい」

罪を自白したような、安堵と清々しさがあった。

「ねえ、たばこ吸ってもいいかしら」

了解すると冬月は、ゆっくりと白い革の椅子に座って足を組んだ。彼女の体にその椅子はよく馴染んでいた。デスクの引き出しからたばこの箱と陶器の灰皿を出して、細いたばこに火をつける。味わうようにゆっくりと吸い込むと、白い煙を吐き出した。一連の動作が堂に入っている。喫煙歴は長いのだろう。

「新しいお父さんとはうまくいっているの？」

僕は眉の間を揉みながらしばらく考えた。

「ええ人です。僕を快く東京へ送り出してくれました」

「お母さんとは？」

「…千景くんだって中学生くらいになったら、母親とは会話がなくなると思いますよ」

「そんなものかしら」

「そんなもんです」

「じゃあ、どうしてあなたはそんなに不服そうなの」

僕は目を瞬《しばたた》かせた。冬月は白い煙を吐き出しながらけだるそうな目をして僕を見つめている。

僕は冬月の言葉の意味を思考と感情の中で咀嚼した。

噛んで噛んで口に残った言葉をぽろぽろと零すのを、冬月は黙って聞いた。

本当の父親は事業に失敗すると、母に暴力を振るうようになった。地獄のような日々はある日突然、父の出奔《しゅっぽん》という形で幕を閉じた。母は心の底からうれしそうな顔をして、これからはふたりで頑張って生きていきましょうねと言った。けれどその舌の根も乾かぬうちに、母は再婚した。結婚したい人がいると言われた時もびっくりしたけれど、同時に、半年後には弟か妹が生まれるのよと言われて愕然としたのを覚えている。

その時の〝愕然〟は時々、ひょっこり僕の前に顔を出す。小学生の頃は嫉妬と淋しさが綯い交ぜになったくらいのかわいいものだったが、思春期になるとそれは僕の手に負えないくらい獰猛《どうもう》なものになった。

冬月がたばこを灰皿の縁《ふち》でとんと叩くと、灰が零れ落ちた。

「かわいかったはずの夏芽が、だんだん憎らしくなっていきました。それで言ったんです。僕たちは半分しか血が繋がっていないって。夏芽はまだ六つやったけど、ちゃんとその意味がわかったみたいでした」

「そのあとで妹さんは？」

「前以上に僕に纏わりついてきました」

「春桜と同じね」

忌々しそうに冬月は煙を吐き出した。

「突き放すほど追いかけてくるのよ」

「いっそ嫌ってくれたらええのに」

冬月は淡い笑みを浮かべた。

「あなたもそこそこ意地の悪い人ね」

僕は力が抜けていくのを感じた。その場に腰を下ろすと冬月の爪先が目に入った。

ベージュのマニキュアが塗られた爪先は僕をあやすように揺れる。

「あなたは僕のロールモデルかもしれませんね」

「大阪に帰らなければいいのよ。私が女の容姿にさほど興味を持っていない男を捕まえて家から出たように」

僕は小さく笑った。

「でも血は繋がっているのね。千景は母にそっくりに生まれたわ。不思議ね」

そう言ってからわざと僕の方を一瞥する。僕は思っていることが顔に出ないように頬に力を入れた。

「ばかね。茜は気の強い子だから大丈夫よ。そう育てているから」

「たくましいですね、冬月さんは」

「人から酷いことばかり言われると心は折れるわ。でもどうにか立て直すのよ。折れて立て直していくのを繰り返すと、粘土だってコンクリートになるわ」

机に肘をついて反対側の手で前髪を掻き上げる。余分なものはすべて削《そ》ぎ落としてきたような潔い顔には妙な色気があった。女性としての辛酸をなめ尽くしてきた果ての色気とでもいうのか。

僕は変な気分に陥っていた。白い革の椅子が彼女の体にしっくりくるように、彼女と肌を合わせたら、それはジグソーパズルのピースのようにぴったり当てはまるのではないだろうか。

目線の先には冬月の爪先が、まるで誘うように揺れている。僕と冬月の間に、肌を刺すような緊張が走った。その時だった。

ヒップポケットに入れてあった携帯電話が部屋の空気を裂くように鳴り出した。春桜からだと直感した。どうしてわかるのかと問われれば明確な答えはないのだけど、電話の鳴り方の強さのようなものが、誰からの電話とも違うのだ。

トランプのカードを引き抜くように携帯電話を取り出した。画面に表示されていたのはやはり牧村春桜だった。

「春桜ね」

僕の様子から冬月は察したようだ。そして白い革の椅子から立ち上がった。

「うちにいるって言いなさい。きっとすっ飛んで来るわよ」

彼女は笑うでもなく言って部屋を出ていった。

残された僕は大きく息を吐いた。ジョーカーを引かなくてよかったと安堵したような気分だった。

「もしもし」

「秋葉くん、今日は図書館の日じゃないのね」

「図書館にいるんですか」

「いまどこにいるの？」

僕はしばし沈黙した。

そこそこ意地の悪い人という冬月の言葉がストンと胸に落ちてくる。今まで意地が悪いという客観的評価は受けてこなかったけれど、過去をかえりみると、そこそこ意地悪というより底意地の悪い男だと思った。その証拠に、言葉よりも先に好奇心が喉元からせり上がってきている。

「牧村先輩のお姉さんの家です」

秋と冬は春より先に落ち合うものだ。僕は春桜の返答を待たずに電話を切った。

部屋を出ると千景と茜はまだテレビを見ていて、冬月はキッチンカウンターの中で洗い物をしていた。僕の気配に気づいて冬月が顔を上げた。

「どうだった？」

「よくわかっていないみたいでした」

冬月は春桜をバカにするように鼻で笑った。それは少し、自分でも意外だけれど少しだけ気分が悪かった。

「来ないですよ、わざわざ」

「来るわよ。待っていてみなさい」

「いや、そろそろ失礼します」

テーブルの横に置いておいた鞄に手を伸ばすと、冬月の硬い声が止めた。

「どうしてあなたを呼んだと思う？」

冬月が銃口を向けるように言った。振り返り彼女と目を合わせる。冬月は濡れた手をタオルで拭きながら続けた。

「春桜が男を追いかけているのを初めて見たの」

「え？」

「この間の神田の交差点よ。それであなたに興味を持った」

もしかしたら僕はとっくにジョーカーを引いていたのだろうか。

「私、一度でいいから春桜が男にふられるところが見たいわ」

そうしたら溜飲を下げるとでも言いたいのだろうか。

「あなたにそれができるのよ」

「そういう関係と違いますよ、僕らは」

冬月の狡猾な笑みと、テレビから聞こえてくる潑剌《はつらつ》とした笑い声のギャップが、僕の思考を混乱させる。

「春桜はね、母の忘れ形見だっていって、父がそれはもう大切に育ててきたの。父は春桜を守ることに命をかけていたわ。小学校だって毎日送り迎えしていたくらいよ。大した蓄えもないくせに中学からは私立の女子校。私、春桜の友達ってひとりしか知らないわ。女友達すら父のおメガネにかなわないとすぐに別れさせられた。異常なのよ父は。父が亡くなるまであの子は無菌室で育てられたようなものよ。それが男を追いかけているなんて、天地がひっくり返ったわ」

冬月は饒舌だった。

人の心の奥に眠っているものなんて大体ろくなものではない。永遠に眠らせておく術を僕たちは充分に会得している年齢なのに、似たような鍵穴を持った人間に出会って気が緩んでしまったのだろうか。試しに交換してみた鍵で互いの扉が開いたので、いい気持ちになって喋りすぎなのではないだろうか。冬月の方は眠らせておいた月日が長い分だけ発酵がすすんでいて僕より酷い。

「ねえ。あの子、処女よ。やって捨てなさいよ」

「あほ言わんといてください」

「簡単に落ちるわよ、あなたにならら。だってあの子、ずっと秋を探していたんだもの」

僕は絶句した。何故その言葉がこの人の口から出るのだ。

重い沈黙を冬月は愉《たの》しんでいるようだった。

シンクの籠《かご》に伏せてあった皿を真っ白な布巾で丁寧に拭きながら一枚一枚食器棚に戻していく。焦《じ》らされて僕は奥歯を噛んだ。

「ねえ、お兄ちゃん」

突然、足元に茜が立っていた。

「これなに」

茜の手に握られているとそれは、羽をむしられ残酷に殺された蝶の死骸のように見えた。僕は飛び上がらんばかりに驚き、茜が持っていたボルトをひったくった。身構えていなかった茜は僕の勢いにびっくりして泣き出してしまった。

「茜っ！　何してるのっ」

キッチンから冬月が飛び出してくると、茜はますます大きな声で泣いた。

「茜、落とし物ひろっただけだもん」

嗚咽《おえつ》を混ぜながら、茜は自分の正当性を訴える。

「落ちてないよ、お兄ちゃんの鞄の中から出したんだよ」

千景が悪意のない表情で言った途端、冬月と茜が同じような顔をして千景を睨みつけた。光線でも放ちそうな瞳の標的にされた千景の目にも、みるみる涙が溜まっていく。

「お兄ちゃんが簡単に泣かないっ」

母親の叱咤には、頬を張るような威力があるのはどこでも同じかもしれないが、冬月のそれは的の中心を確実に射る容赦のないものだった。

「泣かなくていいから、ふたりとも」

言葉にしたものの、子供たちを安堵させられるような表情が上手に作れなかった。少なからず僕とボルトの間に入ってきた闖入者の存在に動揺しているのだ。

このボルトに触れずにこの場を切り抜けるのはあまりに不自然だ。僕は覚悟を決めて、けれど日常の瑣末《さまつ》なことを話題にするような口調で言った。

「このボルトは宇宙に飛んで行けるんだぞ」

「ウチュウってなに」

茜が聞いた。この歳の頃の夏芽も「なに」ばかり言うので、母から「なになに星人ちゃん」と呼ばれていた。

「宇宙は空のずっと上だよ。星とか月とか太陽があるところ」

千景が答えた。僕が頷くと、千景は顔を綻ばせる。

「そのボルトがとぶの？」と、茜が聞いた。

「これは飛んでいくシャトルを作る部品」

「僕知ってるよ。スペースシャトルだね」

「そうや。よう知っとるな」

「触ってもいい？」

千景がおずおずと聞いてくるので、少し迷ったけれど、小さな野の花を差し出すように渡してやった。

「重いね」

「地球から宇宙に飛び出すためには火の中を突っ込んで行くんや。だから丈夫なシャトルを作らんと、そこで溶けて燃えてまうやろ」

「茜も！　茜もっ」

茜は千景から奪うようにボルトを取った。

「このボルト、お兄ちゃんが作ったの？」

「これは。…お兄ちゃんのお父さんが作ったもの」

冬月の視線がボルトに落ちた。

「僕にも貸してよ」

「これ茜の！」

僕が苦笑すると冬月もつられるように頬を上げた。

けれどすぐにボルトに飽きた茜と千景は、冬月にそれを渡すと興味の赴くままおもちゃ箱を漁り始めた。子供の興味の移ろいの早さは、どこの子も同じだ。さっきまですべての好奇心を注ぎこんでいたくせに、あるいはかなりの労力を使って得たもののはずなのに、関心のスイッチが切り替わった途端、それは存在すら消えてしまう。その卓越した忘却術を僕はいつ失ってしまったのだろう。

冬月は何も言わず、僕の手にボルトを戻してくれた。木の上の巣から落ちた雛鳥《ひなどり》を受け取るように僕はそれを手に取ると、鞄の横に落ちていた麻の袋に戻して鞄の奥にしまった。

その時だ。ピンポーンと間延びしたチャイムの音がした。

「春桜よ」

冬月は僕に言ったのだけど、その名前に反応した子供たちが玄関の方へ突進していった。ハルちゃん、ハルちゃんと神輿《みこし》を担ぐ時の掛け声のような騒がしい声が上がる。

「こんばんは」

玄関の方から本当に春桜の声がした。僕は信じられなくて廊下を覗き込んだ。

「あ、秋葉くん！」

大学の構内で呼びかけるように春桜が小さく手を振った。ほどなくして千景と茜に押されてリビングに入ってきた彼女は、額にほんのり汗をかいて息が切れていた。けれど、僕を呼ぶより半音高い声で「冬月姉さん、お邪魔します」と、そのまま飲料水のコマーシャルポスターに使えそうなほど爽やかに微笑んだ。

「いらっしゃい春桜」

「え。あ、あの、これおみやげ」

「ゼリーだあ」

受け取った茜はすぐに中身を確認すると、千景と一緒にその場で小躍《おど》りした。

「ごはん食べてからよ」

「もう食べたよ。トンカツだったんだ」

「…そう」

春桜はちらりと僕の方を見た。けれどすぐに笑顔を冬月に戻した。

「秋葉くんがいるなんて驚いちゃった」

「食事した日に連絡先を交換したの」

春桜は、今度は僕を振り返って見た。僕は視線の行き先に困って子供たちの方へ逃げた。茜からビニール袋を受け取って食卓の上に中のゼリーを並べていく。

「もも、みかん、さくらんぼ！」

千景と茜の歓声がこの気まずさを溶かしてくれないかなと思った。

「春桜、スプーン」

「あ、ありがとう冬月姉さん」

子供たちは春桜にとても懐《なつ》いていた。ふたりとも競うように春桜の関心を引こうとしている。保育園であったこと、友達のこと、最近できるようになったブリッジを見てほしいこと、休みなく喋るふたりの話を春桜はにこにこして聞きながら、褒めたり、感心したり、喜んだりと大袈裟なリアクションを取る。

僕はその様子を食卓の椅子に座って眺めた。

子供たちに接している春桜の横顔は、優しさと寛容さに溢れた女神様のようだった。おまけに処女だったら本物の女神様ではないか。

「羽田くん、零れてるわよ」

頭の上から声がして、意識のピントを目の前に合わせると布巾を持った冬月がいた。ぼんやりしていたせいで、スプーンから零れたゼリーがテーブルの上に落ちていた。

「すみません」

冬月はそれをふき取りながら目配せするような視線をよこした。僕の妄想など全部漏れていると言わんばかりだ。僕は軽く睨んだ。冬月は姦計を含んだ笑いを残してキッチンの中へ戻っていく。冬月が消えて開けた景色の中から春桜がこちらを見ていた。けれどすぐにぷいっと視線を逸らす。そんなこと初めてだったので呆気に取られてしまった。

「ハルちゃんとお兄ちゃんは大学のお友達なんだよね？」

千景がゼリーの中のくだものを頬張りながら聞いた。

「そうよ。秋葉くんとハルちゃんは同じ大学なの」

「お兄ちゃんの妹も同じ？」

茜がこちらを振り向いて聞いた。

「夏芽は小学生だよ」

「そんなに年が離れているの？」

顔を上げた春桜に僕が答える前に「七歳ですって」と、冬月が先に答えた。春桜の表情が曇ったのを僕は見逃さなかった。

「お兄ちゃんの妹、ナツメっていうの？」

僕が頷くと千景の顔がぱっと明るくなった。

「すごいよ！　春、夏、秋、冬だ！」

そして彼はもう一言付け加えた。

「春夏秋冬が戻ったんだね！」

3

雨が続く憂鬱な午後。ジンが僕のノートを写している間、ビッグバンはなぜ起きたのかを解くインフレーション宇宙論についてのレポートを読んでいた。

「宇宙の時間は膨大やな」

「宇宙から見たら俺たちなんて大腸菌みたいなもんだ」

「それはでかすぎる。原子や」

「素粒子だな」

日々解明されながら、日々ますます難解さを増していく漆黒《しっこく》の世界に想いを馳せながら窓の外に目を向けると、雨水が滴《したた》ってクリアになった窓ガラスの向こうに、狼女の餌食《えじき》になりかけている麗奈《れいな》ちゃんがいた。

僕はレポートを投げ出して教室を飛び出した。

「桐原さんっ」

麗奈ちゃんが弾かれたように顔を上げた。素早く麗奈ちゃんと狼女の間に割って入ると、銀色の毛並みをした狼女が舌打ちをした。

「藤井先輩、桐原さんに何か用ですか」

「話していただけだ」

そう見えなかったから全速力で走ってきたんじゃないか。

「私が悪いの、秋葉くん」

「悪いと思っているなら、二度とするな」

「すみませんでした」

麗奈ちゃんが殊勝に頭を下げると、藤井カヤは堂に入った舌打ちをしてブーツのヒールをゴツゴツ鳴らしながら雨の中を傘もささずに去って行った。

「桐原さん、大丈夫？」

「こわかったよう。私、何もしてないのに」

鼻を啜りながら麗奈ちゃんが僕のTシャツの裾を摑んだ。ついでに僕の男心もキュッと摑まれてしまった。

「大丈夫だよ、もう行ったから」

「本当よ、秋葉くん。私、何もしてないの。なのにこんなところに呼び出されて」

潤んだ目で見上げられてしまうと、何ひとつわからなくても『無罪！』と叫びたくなる。

麗奈ちゃんは目元を拭うと、にこりと微笑んだ。

「来てくれてありがとう」

「あ、うん。教室から見えて」

「そっか。このあたり工学部だものね」

僕はどぎまぎしながら麗奈ちゃんの仕草を見つめた。

「じゃあ、秋葉くん。またね」

「うん、また」

ピンク色の傘をさして庇《ひさし》を出ていく麗奈ちゃんが小さく手を振るので、つられて振り返す。その顔で「いってらっしゃい」とか「おかえりなさい」を言ってほしいと妄想しながら見送っていると、ふいに彼女が踵を返してこちらへ戻ってきた。

いやらしい妄想が漏れ伝わったのかとびくりとしている僕の前に立つと、麗奈ちゃんは恥じらうように頬を赤らめた。

「ねえ、秋葉くん。よかったら、これからどこかに行かない？」

ビッグバン、キター！

秋葉くんの好きなところへ連れて行って、とナツメロの歌詞のような台詞を呟かれて、僕は張り切って好きな場所へ連れて行った。

「プラネタリウムなんて久しぶり」

隣に座った麗奈ちゃんは声を弾ませた。

やがて音楽が流れ出すと、日が暮れるように館内が暗くなっていく。

東京で女の子を案内できるところなんて、ここしかなかった。麗奈ちゃんの前で恥はかきたくない。この施設にはプラネタリウムのほかに宇宙や科学の展示物もたくさんあるし、カフェもある。困ったことが起きたらトイレに行ってジンにＳＯＳのメールを送る算段はつけてきた。

「麗奈ちゃんを飽きさせるなよ」というジンからのアドバイスを思い出しながら、夜空のドームにこの先のシミュレーションを思い描いていく。

静かに音楽が止み、館内が明るくなる。これからが第二ラウンドだと息巻いて立ち上がり振り返ると、隣の麗奈ちゃんはすっかり熟睡していた。

初デートの顛末を、ジンは笑ってくれればいいものの、表情を強張らせて「アウトだな」と天を仰いだ。そう、完全にアウトだった。

あの後もデートは全く盛り上がらなかった。目を覚ました麗奈ちゃんと、気まずい空気を解消できないまま展示物を見て歩いた。僕はひとつひとつを丁寧に説明した。解説もした。一緒に実験めいたこともした。日本人宇宙飛行士のサインに興奮する僕の横で麗奈ちゃんは小さく欠伸《あくび》を噛み殺していた。

カフェに入ると、宇宙食は用意されていても麗奈ちゃんが好きなキャラメルマキアートはなかった。パックに入ったコーヒー味のクラッシュゼリーをちゅうちゅう啜りながら向かい合う僕たちは通夜の参列者のように俯いたまま、会話らしい会話が成立しなかった。

「落ち込むなよ、秋葉」

「落ち込む。千載一遇のチャンスを棒に振った」

「まだわからないだろ」

もうわかっている。駅の改札で別れる時、麗奈ちゃんは解き放たれたような表情をして僕に背を向けたのだ。「やっと帰れる」というあの顔が、失恋を決定づけていた。

「麗奈ちゃんがだめでも、おまえには春桜さんがいるだろ」

顔を上げてジンを睨んだ。

「悪い。でも、春桜さんならプラネタリウムで寝たりしないと思うぜ」

「あの人の話はするな」

「秋葉よ、春桜さんとはその後変わりないのか」

変わった。

冬月の家に行ったあの日、春桜の目論見を知ったのだ。

ジンは口を閉ざした僕を一瞥して、視線を携帯電話の画面に移した。また女の子を連れて行く流行りの店を検索しているのだろう。

「なあ秋葉」

「なんやねん」

「おまえ、人妻好きなの？」

ジンが携帯電話の画面をこちらに向けた。思わずそれをひったくった。そこには冬月と僕が写っていた。

「羽田秋葉の不倫現場だって」

「なんやこれ」

「裏掲示板の羽田秋葉スレッド」

「これって…」

「盗撮だな」

頭を後ろから殴られたような衝撃を受けた。

「ちがう、不倫とかそんなんとちがう」

「絶倫って書き込まれてるぞ。おまえ童貞なのに」

にやついたジンの頭を叩いてやった。

他にも盗撮画像が掲載されていた。僕と春桜、僕と麗奈ちゃん、それから僕と冬月。これは神田で食事をした夜だ。冬月の隣にいたはずの春桜はトリミングされていた。タイムラインに誤差はあるが、春桜ファンに誤解に与えるには効果的な配列だった。

「春桜さんと一緒にいるの、これ構内じゃないだろ」

秋葉原だ。リィの店へ連れて行かれた時だ。その日のことと冬月の説明を簡潔にした。

「春桜さんとお姉さんってだいぶ雰囲気違うな。いつの間に姉妹と仲良くなってたんだよ。教えろよ、さみしいだろ」

「仲がいいわけやない。ちょっと話があっただけや」

「ふうん。これを載せたやつはこれが春桜さんのお姉さんとはわかってないのかな。人妻と密会としか書いてないし、周りを煽るのが目的か」

「でもこの人と会うこと、誰にも話してへん」

「つけられていたんだろうな」

ジンは大きく溜息を吐いた。

「桜姫ファンの中にキレたやつがいるんだな」

4

図書館の貸し出しカウンターに宮沢賢治の《銀河鉄道の夜》が置かれたので顔を上げると、牧村春桜が立っていた。

「おねがいします。秋葉くん」

「図書館カードをお願いします」

「はい！」

事務的にカードを受け取り貸し出しの手続きを取る。

「返却日は一週間後ですので」

「今日は何時に終わるの？」

「閉館までです」

「じゃあ、待ってる」

答えは聞いていない様子で春桜は借りたばかりの本を抱えて、カウンターが見渡せる閲覧席に座った。新聞、雑誌コーナーの閲覧席を陣取る常連組の中に座る春桜は、はきだめに舞い降りた鶴だ。

「また来ているのね」

頭の上から降ってきた声に僕は飛び上がらんばかりに驚いた。恐る恐る振り返ると美智さんが立っていた。

「すみません」

「どうしてあなたが謝るのよ」

美智さんは口端だけ笑って返却された本を纏めていた。

「僕がやります」

「そう？　お願いね」

返却された本をワゴンに積んでカウンターを出た。ワゴンを空にしてカウンターへ戻ると、閲覧席から春桜の姿が消えていた。トイレにでも行ったのだろうと思ったけれど、春桜が戻ってくることはなかった。

待っているって言ったくせになんだよ、と内心で毒づきながらロッカーを閉める。思ったよりもでかい音が部屋に響いてパートのおじさんが振り返った。僕は愛想笑いを浮かべて挨拶を済ませると足早に図書館を出た。

春桜が帰ってしまったことで苛立つなんて間違っている。

考えを改めて空を見上げた。この時間なら、ＩＳＳ（国際宇宙ステーション）の通過が見られるかもしれない。携帯電話を取り出してＩＳＳの目視予想時間の情報を掲載しているサイトにアクセスして、正確な時間を確かめようとした。その時、僕の手のひらの上で携帯電話が震え出した。この感じは多分、彼女だ。

トランプのカードをひっくり返すように携帯電話を回転させると画面に表示されていたのはやはり牧村春桜だった。

「もしもし」

「秋葉くん、図書館終わったよね？　いまから秋葉くんのお部屋にお邪魔してもいいかな。鍋焼きうどんの材料買ったの」

春桜の後ろから、子供のキンキンした声が聞こえてくる。

「あの、いまどこですか」

「駅にいるの。どうやって行けばいい？」

躊躇する気配も見せず春桜は無邪気に尋ねてくる。後ろから「ハルちゃん、どっち、どっちに行く？」春桜より無邪気な千景の声がした。

「千景くんも一緒ですか」

「そうなの。茜が熱を出して冬月姉さんが病院に連れて行ってるの。その間、千景を預かることになって、千景が秋葉くんのおうちに行きたいって言うから連れてきちゃった。だから鍋焼きうどん、ごちそうするね」

カオスと化した思考のどこから手をつけていいのかわからず、唖然として動けなくなった。深く息を吐き出して頭の中を整理する。困惑や怒りや仄かな喜びといった感情も、本の背表紙を何かの法則に基づいて並べるように丁寧に整頓した。

その結果「ふざけるな」という答えが導き出されたので、空が開けている坂の上の神社へと足を向けた。

「僕、仕上げないとならないレポートがあるので」

返事を待たずに電話を切った。どうせ彼女は僕の言葉に対して返事などしないのだから。

放っておいた奥歯の虫歯が疼《うず》くような痛みが口の中にじわじわと広がっていく。電話の向こう側から聞こえた千景の声が、思い出したくない言葉を喚起させた。

『また春夏秋冬が戻ったんだね！』

その言葉の真相に僕はまだ愕然としている。

「ああ、くそっ」

吐き出した鬱憤《うっぷん》の声が正面から来たおばあさんに直撃して、おばあさんがびくりとした。愛想笑いを作ろうとしたけれど頬が突っ張って笑顔にならなかった。おばあさんが怪訝そうな面持ちで横を通り過ぎていくと同時に、ジーンズのポケットの中で携帯電話がまた震え出した。春桜からのメールだった。

『デザートはプリンとゼリーどっちがいい？』

「知るかっ」

嚙みつくように叫んだ声でおばあさんが振り返る。おばあさんは眉を顰めて僕を一瞥するとそそくさと坂を下りていった。

髪を掻き毟《むし》りたいような衝動に襲われた。

プリンかゼリーの前に、僕が断った件を気に掛けてほしい。待っていると自分から宣言しておいて勝手に帰らないでほしい。突然プロポーズしたり、あっさり好きだと言ったり、僕の目の前を無邪気にひらひら行ったり来たりしないでほしい。

亡くなった父親が秋好で母親が夏子。娘たちを合わせて春夏秋冬。

そんなままごとのような家族ごっこに僕を巻き込まないでほしい。

再び坂を上がろうとした僕を引き止めるように携帯電話が震え出す。もう見るのはやめろと辟易している僕と、何を言ってくるつもりだと好奇心を隠せない僕が、メールを開封しようとする指先を押したり引いたりする。

好奇心に打ち勝てないのは男のサガというものだろうか。相手が牧村春桜だからそうなってしまうのだろうか。

『プリンはとろとろプリンと牛乳プリンのどっちがいい？　ゼリーはコーヒーかフルーツか選んでね』

どこまでも、どこまでも本質的な問題には触れないのだな。彼女の中で答えはもう決まっているのだ。

腹の底から憎々《にくにく》しい人だ。

部屋に入ると千景は「男の人のひとり暮らしって感じだねえ」っと生意気なことを言った。

春桜はピンク色の華奢なサンダルを玄関に揃えると、鞄の中から取り出したショート丈の白い靴下をはいてから部屋に上がった。何の変哲もないテーブルを目にした途端、短い嬌声を上げた。

「こたつ！　いいなあ」

男の部屋に入り慣れているのかいないのか、よくわからないリアクションだった。

作業スペースがほとんどない狭い台所やユニットバスや書棚などを千景が見て回っている間、春桜は意外にもてきぱきと動いた。あらかじめシミュレーションができている動作は自炊に慣れている証拠だ。

僕はラーメンか卵をゆでるくらいしか使っていない鍋を出したり、包丁を出したりしたけれど、次に何をすればいいのかすぐにわからなくなった。

「秋葉くんは座っていて。お鍋と包丁だけ貸してもらえれば作れるわ」

千景はデスクの椅子に座っていた。

「僕も早く机ほしいなあ」

「君も机？」

「ハルちゃんはこたつに憧れてるの」

さっぱりわからないという顔をすると、千景はデスクの椅子でくるくる回りながら言う。

「こたつって家族が集まる感じでしょ。だから好きなんだって」

「ふうん」

「食卓はいすが四つだけど、こたつは何人でも座れるからお得なんだって」

機能以外の思い入れを家具に抱いたことはないのでよくわからない。

「〝ハルちゃん〟はよく君の家に来る？」

「お母さんの仕事が忙しい時にだけ、ごはんを作りに来てくれるよ。一緒に食べたりしないけど」

千景はにっこり笑った。千景には冬月のような棘《とげ》が少しもない。むしろその反対で、センシティブな印象を受ける。冬月や茜という気の強い人間に囲まれて、少し窮屈に生きているのかもしれないと思った。

「ねえ、お兄ちゃん。このあいだのボルト見せて」

僕はためらわずに了承した。

小さな両手が受け止めると、ボルトはいつもより大きく見えた。千景は丁寧にボルトの頭の角を数えた。

「これ、六角ボルトっていうんだよね」

「よう知ってるな」

「インターネットで調べたんだ。スペースシャトルも調べたよ。宇宙の図鑑も買ってもらったんだ」

千景はぴょんと椅子から飛び降りると足元に置いてあった自分の鞄から図鑑を出して見せた。

「お兄ちゃんに見せたくて持ってきたの」

はにかんだように笑う顔を見ていると、いやでも夏芽と重なってしまう。一緒に見てほしい、教えてほしい、褒めてほしい、純粋な欲求の塊が雪合戦の雪玉のように胸にぶつかってくる。気がつくと自然に千景の頭を撫でていた。

「見せて」

「うん！」

僕はいつから夏芽の欲求が苦痛になっていったのだろう。泣いたら抱き上げるのが当然だった。ミルクの温度は手のひらが覚えている。おむつだって替えたし風呂にも入れた。僕のとはまるで違う上等な絹のような黒い髪を毎日梳《と》かした。

散歩にでかけた。本を読んだ。こうやって開いた絵本をふたりで覗きこんだ。夏芽は僕に人体の成長の過程を、身を捧げて学ばせてくれた。感動の連続はいつ止んでしまったのだろう。


「さあ、できたわよ」

春桜がテーブルの中央に鍋を置くと、甘辛いいい匂いが部屋中に広がった。春桜は最初に僕のものをよそうと、うどんの上に硬く煮込んだ卵をのせてくれる。

「暑い日に熱いもの食べるのって楽しいね」

春桜は頷いて、千景のうどんの上には半熟卵をのせる。

「お麩もいっぱい入れて」

「はい、お麩たっぷりうどん」

最後に自分のをよそうと僕のと同じ、白く固まった卵をのせて、向かい側に座った。

「いただきまーす」

千景は母親がいなくてもきちんと挨拶してから食事を始めるらしい。それにならって手を合わせてからうどんを啜った。

「おつゆ濃くない？　関西とは味が違う？」

「いや、うまいです」

偏見ではあるが、モデルなんかやっている女性は料理なんかできないというイメージを持っていたが、春桜が作った鍋焼きうどんはとてもおいしかった。僕と千景は競うように食べて、汁も全部飲み干した。

「ねえ、お兄ちゃん。六角ボルト、ハルちゃんにも見せてあげて。見たいんだって」

「秋葉くんのお父様が作ったものだって千景から聞いたの」

「小さな町工場の親父が作った、ただのボルトですよ」

「でも宇宙へ行けるボルトだなんて、日本の職人の技って感じでかっこいいじゃない」

春桜は素直に感心している。面映ゆさで僕は頬を掻いた。今まで誰にも曝《さら》してこなかったボルトは風間兄妹と冬月を経由して、春桜の手に渡った。春桜の手のひらに収まると、ボルトはまるで飼いならされた猫のように見えた。

「これがスペースシャトルの一部なのね。すごい」

「僕が小学生の頃の話ですよ。いまはもっと低コストで高品質のものがあると思います」

卑下した言い方をした僕を軽く叱るように春桜は顔を横に振った。

「そんなことない。いつの時代の話だって求められたのだから誇らしいことよ。秋葉くんだってそう思っているから持っているんでしょ」

春桜は千景から麻袋を受け取ると、丁寧にその中にボルトを収め、紐を結んで僕の手のひらに戻してくれた。

立ち上がった春桜は、突然号令をかけた。

「せっかくだから写真撮ろう」

「わあ、撮って撮って」

お腹がいっぱいになった千景はエネルギー満タンな体をその場で弾ませた。

「秋葉くんと千景、そこに並んで」

春桜は鞄の中からカメラを取り出した。春桜が構えたそれは、特にカメラに詳しくない僕でも知っているロゴがついている製品だった。

「撮るよ、はいチーズ」

千景が顔の横でピースサインを作って笑顔を決める。

「秋葉くん、顔硬いよ。もう一枚」

言いながら春桜は慣れた手つきでフィルムを巻いた。

「それ、デジタルちゃうんですか」

「うん。撮るよ、笑って」

僕は半分やけくそで笑った。

春桜が押すシャッターの音は電子的なものではなく、残像のない決然としたものだった。

《ライカ》と牧村春桜なんて、意外な組み合わせだ。

「次は机の前で撮って」

千景は飛び跳ねるように回転椅子に座った。

「小学生になったらこんな机、買ってもらうんだ」

千景の憧憬《しょうけい》を先の未来へ送ってやるように春桜はシャッターを切った。

「そのライカ、牧村先輩のものですか？」

「秋葉くん、ライカを知ってるの」

春桜が急に興奮しだしたので焦った。

「有名やから名前くらいは」

「これ、父の形見なの。でも私、撮ってもらうばかりだったから使い方がわからなくて、いま現場のカメラマンさんに教えてもらっているの」

それから春桜は立て板に水といった感じでカメラの話をはじめた。けれどよく聞いていると、それは亡くなったお父さんの話だった。

早くに亡くなった母親の代わりに父親がすべての学校行事に参加してくれたこと、運動会のためにライカを購入したこと、最初の写真は全部ピンボケだったこと、写真にはまった父は参観日にもカメラを持参して、教室でシャッターを切ってしまい担任の先生に叱られたこと、どんな時も笑顔の絶えない人だったこと。

冬月の家で見た写真の父親は、狭い研究室の中で昆虫の標本をピンセットで摘まんでいそうな印象だったのに、春桜が語る父親は一八〇度違う。快活で健全で、むしろホームドラマの中に存在するような父親だった。

「なんだか父の話になっちゃった。ファザコンなの、私」

春桜がぺろりと舌を出して言った言葉はそのまま僕に跳ね返ってくる。同じだなと思った。けれど口に出したら春桜が喜ぶだろうから黙っておいた。

春桜の鞄の中から携帯電話の着信音が響く。

「あ、冬月姉さんだわ」

台所の方へ行ってから彼女は電話を取った。

「ねえ、お兄ちゃん」

千景が僕のTシャツの裾を下から引っ張った。腰を落とすと千景が顔を近づけてくる。男女の違いはあれど幼児のにおいには、空や風や土に含まれた地球の息吹が詰まっている。

「どうした？」

彼は糸の結び目をぎこちない指先で解く時のように唇を噛んだ。ほんのりと千景の肌が熱い。はしゃぎすぎて眠くなっているのかもしれない。

ベッドで寝てもいいよと言おうとすると、先に千景が口を開けた。

「お兄ちゃんは秋と夏を持っているんでしょ。おねがい、春と冬をつなげて」

「どういう、意味？」

問うと千景はまた口を真一文字に結んだ。考えているのだと思った。彼は僕に何かを告げようとしている。心の内側にある感情を言葉に当てはめることができないのかもしれない。千景は吐き出せないけれど飲み込めない、大きな塊を胸のあたりに詰まらせて窒息しかけている。

僕はそっと千景の背中を撫でてやった。ぽろりと大きな目から涙が零れ落ちた。驚いたことに、千景は一瞬春桜の様子を確認した。彼女がこちらに背中を向けて電話をしていることを確かめると、ぷつんと糸が切れたように僕の肩先に顔を埋めてきた。

「おねがいだよ、お兄ちゃん」

千景の言葉の意図がわからない以上、まかせておけともいやだよとも言えなかった。けれどどこの少年が春桜に気をつかっているのだけはわかった。五歳の男の子に、叔母に涙を見せたくない矜持《きょうじ》など芽生えているものだろうか。

背中をさすったり軽く叩いたりしてやっているうちに千景はどんどん僕の体にのしかかってきて、春桜が戻ってきた頃には瞼《まぶた》をすっかり閉じてしまっていた。

「冬月さん、なんて？」

春桜は慣れた手つきで千景をベッドに寝かせると、背中を向けたまま答えた。

「今から来るって」

「ここへ？」

振り返った春桜は微笑んでいた。いつもの笑みが完璧なバランスだからこそ、その顔がほんの少し歪んでいるのがわかった。

「秋葉くん、『冬月さん』って呼ぶの？」

「え？」

「いつからそんなに仲が良くなったの？」

「仲がいいわけやないです」

「じゃあ、どうして家に行ったり食事をしたりするの？　千景が宇宙の本が欲しいって言ったらどうして簡単に冬月姉さんは買い与えたの？」

そんなこと僕の知ったことではない。春桜は怒っているのか泣いているのかわからない表情になった。けれど春桜が抱いている感情は明確に理解できた。この数日振り子のように揺らいでいた仮説が確信にぶつかって動きを止めた。頭の中で渦巻いていた怒りがやっと的を捕えた。

「じゃあもう放っておいてくれませんか。僕を巻き込むのはやめてください」

「なんのこと…？」

他人からお姫様扱いをされて専属の兵士まで用意された彼女は、人からこんなふうな物言いをされてこなかったのだろう。それがまた癇《かん》に障った。

「春とか冬とかそういうことに巻き込まんといてくれって言うとるんや。牧村先輩はただ、口実が欲しかっただけやろ」

僕は自分の市場価値をそれなりに理解しているつもりだ。けれど露骨に他人の人生の駒にされてありがたがるほどおめでたい人間でもない。

「あんたは姉妹の関係を円滑にしたくて僕と夏芽を利用しているだけや」

春桜の顔はみるみる青ざめていった。

「あんたが好きなのは僕やない。『冬月姉さん』だけや」

糸が切れたマリオネットのように春桜はその場に崩れ落ちた。表情が完全に消えた彼女を見降ろしていると、怒りの熱が引いていくのがわかった。

「僕はあなたたちに何もしてあげられません」

「そんなことないっ」

春桜は勢いよく顔を上げた。先ほどの千景のようにぽろぽろと泣いている。子供の涙と女の涙は、衝撃の度合いが百倍くらい違った。

「秋葉くんがいると冬月姉さんが優しくなるもの」

あの人は優しいのではない、愉しんでいるだけだ。

僕はひざを折って春桜と目を合わせた。

「秋葉くんが冬月姉さんの家にいた日。私が行ったら冬月姉さんが言ったの。『いらっしゃい』って。『いらっしゃい』なんて言われたの、初めてなの」

痛々しくて見ていられない。冬月の「いらっしゃい」に歓迎は含まれていないと、どうしてわからないのだろう。春桜はもう冬月を追いかけるべきではないと思った。

春桜と冬月は所詮メリーゴーラウンドの馬と同じだ。追いかけても追いかけても、決して隣に並ぶことはない。春と冬が相反する季節であるように。

僕はそのことを告げようと思った。なるべく柔らかく、けれど超絶前向きな彼女の思考でも理解できるよう、言葉を選んで。

けれどそれよりも先に、春桜は僕に銃口を向けた。

「私は秋葉くんが好き」

強い瞳が挑むように僕を撃ち抜く。

「秋葉くんといると落ち着くの。安らぐの。こんな気持ち他人に持ったのは初めてなの」

春桜がゆっくりと僕の胸元に額を押しつけてくる。今まで嗅いだことのないような甘い匂いが鼻先をくすぐると、全身が震え上がった。けれど頭の奥だけは妙に冷静でいて、春桜の言葉を分析している。

「僕はあんたの父親とちがう。秋のせいで錯覚してるんや」

「ちがうっ」

胸に額を擦りつけるように頭を左右に振った春桜を勢いよく引き剝がすと、言葉を選ばずに言った。

「それやったらあんた、僕とキスしたりセックスしたりしたいんか」

「え…」

「好きやとか安らぐとか結婚したいとか言うんやったら、そういうことを僕としてもいいってことか」

息を飲んだ春桜の首筋を涙の粒が流れて、鎖骨のくぼみに落ちた。

ゆっくり顔を近づけていく。僕も目を閉じなかったけれど、春桜は微動だにしなかった。

「避けろや」

「え？」

「突き放すとこやろ」

「だって」

――いやじゃないもの。

一言で勢いを殺された僕の隙をついて、春桜の方からキスをしてきた。

雷に打たれたような強い衝撃が僕の中心を貫いた。

「何すんねん」

「引き金を引いたのは秋葉くんの方よ」

春桜の瞳には揺らぎがなかった。

僕は自分でも信じられないくらいの強い力で春桜の細い体を引き寄せて、もう一度その唇を求めた。化合物なし、純度一〇〇％の欲求が幼児のような勢いで吹き出したのだ。

だから恍惚とか感慨とかはまるでなかった。その感触も匂いも体温も滑らかな肌も豊かな胸もただ欲しかった。噛まずに飲み込んでしまう食欲のような欲情。唇の間から洩れた春桜の苦しそうな吐息に煽られて、僕は春桜にのしかかった。乱暴に春桜の胸をまさぐった。唇を食い荒らして首筋に咬みつくようなキスをしてブラウスのボタンに手をかける。

僕の下で春桜は泣いていた。大粒の涙の塊がつうっとまなじりから耳へ落ちていく。

その時だ。扉に機関銃を撃ちこまれたような激しい音がして部屋全体が震えた。

「春桜っ！　開けなさいっ、春桜」

冬月が来た。

あまりの音で起きてしまった千景に春桜は素早く寄り添った。僕は慌てて扉を開けた。

まだ僕の手がドアノブに掛かっているのを押しのけて、どかどかと冬月が入ってくる。冬月はベッドの上で千景を抱きしめていた春桜の胸ぐらを掴むと躊躇なく頬を張った。

「何してんねんっ」

千景が一層大きな声で泣きだすと、部屋の均衡は崩れた。

「千景を利用しないでっ」

「ただ、千景に喜んでほしくて！」

春桜の言葉を遮るように、また冬月は手のひらに勢いよくスナップを利かせる。叩かれた春桜はベッドから床へ倒れ込んだ。

僕が動いたのは本能だった。殴られる方が弱い人間だと幼い頃に刷り込まれたが故の反応であって、ふたりに優劣をつけたわけではない。春桜をかばうようにふたりの間に割り込んだ僕を見降ろした冬月の目は、火を点けたエタノールのように燃えていた。

「やっぱりね」

出刃包丁を真上から落としたような声。

「結局あなたも春桜なのね」

冬月は尖った顎の先で春桜を指した。

「そんなことどうでもええわっ。殴るなっ」

「私たちの間に口を挟まないでっ」

青い炎が襲いかかってくる。けれど父親が吹き上げるどろどろのマグマの熱風から比べたら地獄の度合いはいくらかましだ。

「家族を殴るようなことするな」

冬月の顔がぐにゃりと歪んだ。号泣もしくは怒号のカウント二秒前といった表情だった。彼女はそのどちらの導火線も切断すると、ベッドの上で泣き喚いている千景を抱き上げた。

「冬月姉さん！」

「もう二度と千景に会わないで」

「待って！」

「触らないでっ」

伸ばした春桜の手を冬月は叩き落とした。

「千景をあんたの道具にされてたまるものですか。私たちはね、あんたのために生きてはいないの。お父さんみたいな人間はひとりもいないのよ」

「…」

「なんでも揃えてくれて、なんでも選んでくれて、なんでも許してくれる他人なんていない。いい加減現実を見なさい。お父さんは死んだの。それを認めなさい」

「私は、」

「羽田くんを、あんたの現実逃避の道具にするのはやめなさい」

冬月は一瞬僕の方を見た。けれど何も言わず、千景の荷物も抱えて出ていった。部屋に取り残された僕は、そこに立ち竦んでいる春桜の背中に声をかけられなかった。声をかけた途端、砂になってその場で崩れ落ちてしまいそうで恐ろしかった。

しばらくすると春桜は音もなく動きだして部屋から出ていった。

「牧村先輩！」

裸足のまま部屋を飛び出すと、白熱灯の下にぼんやりと浮かぶ春桜が振り返った。魂を打ちのめされて、ただの器と化している彼女はどんな形容詞でも表せない無機質で立体感のない絵画みたいだった。

彼女は悲しげに呟いた。

「これもまた恋じゃないの…？」

僕は春桜を追いかけることもできなかった。

5

その夜を境に春桜はぱったりと姿を消した。大学構内で見かけることもないし、図書館へも来なかった。彼女が借りていた《銀河鉄道の夜》はいつの間にか返却されていた。

どうしようかと思っていた春桜の鞄は藤井カヤが取りに来た。さっさと立ち去ろうとするカヤに、春桜はどうしているか尋ねた。カヤは「これ以上立ち入るな」と警告を残して出て行ってしまった。

携帯電話が手元に戻っただろうに、春桜からは連絡はこなかった。

麗奈ちゃんに恋人ができたと聞いたのは夏休みに入る直前だった。ジンが仕入れてきた情報だったので確実だ。

「死んでる?」

「死んでる……」

駅前のファーストフード店のテーブルに突っ伏して、僕は唸《うな》った。

「誰か、知りたい?」

「おまえ、そこまで知ってんの？」

「だってもう…麗奈ちゃんが言いふらしてるから」

麗奈ちゃんの口から惚気《のろけ》なんて聞いたら、僕の夏休みは滅びたも同じだ。

「カメラマン。《シュクル》の」

顔を上げた。ジンが気まずそうにコーラを啜る。

「それ、牧村春桜の？」

「関係あるのかな、やっぱり」

「そこまで深くは知らんのか」

「真実は大抵怖いもんだから調べたくない」

その通りだ。気の弱い僕は大体の真実は知りたくないと思っている。けれど、これは知っておかなくてはならない真実で、きっとそのうち知ることになる真実のような予感がした。

夏休みを目前に控えた日、ジンに頼んで新宿のデパートへ連れてきてもらった。

「男ふたりで子供服コーナーうろつくの、怪しくないか」

「そうかな」

そんなことよりピンクか青か、どちらにするかの方が重要だ。

「秋葉。俺、下のカフェで待ってるから」

「ひとりで帰るなよ」

「わかってる。いい加減、山手線に慣れろよ。大阪にだって環状線走ってるだろ」

呆れるジンに言い返す言葉もない僕は、子供服コーナーにひとり残された。けれどこれで急かされることもなくピンクか青か選べる。安堵していたら黄色も目に入ってしまい、僕は頭を抱えた。

ようやくピンク色の運動靴を選んでレジで支払いを済ませる。「こちらに発送先のご住所の記入をお願いします」と差し出された宅配便の依頼書に実家の住所と希望の配達日を書き込んだ。その間だけ良心の呵責《かしゃく》に襲われた。

先日母から届いた手紙に、夏芽の誕生日には帰ってくるのよねと書いてあった。どこまでも夏芽中心の姿勢に腹が立って、その日のうちに夏休みも平常通りのシフトでアルバイトに入ることを美智さんに告げた。

「お誕生日プレゼントでしたらカードを添えることもできますよ」とサンプルを見せてくる店員の気遣いを僕は断った。子供服売り場を出ると、携帯電話が鳴った。

ジンが痺れを切らしたのだと思ったけれど、画面に記されていたのは牧村春桜だった。

「もしもしっ」

僕の切迫した口調に、向こう側の春桜は気圧《けお》されたように一瞬の間が空いた。けれどすぐにいつものような明るい声が聞こえてきた。

「秋葉くん、今どこにいるの」

「新宿ですけど」

「今から会えない？　渡したいものがあるの。リィのお店にいるから」

自分でも驚くぐらいの素早さで了承した。

電話を切ってから急いで下のカフェへ降りる。ジンが二人組の女の子と同じ席に座っていたので驚いた。

「やっときたよ。あれが羽田秋葉、品川経由はなしね」

女の子たちがころころと笑った。僕はジンをカフェの入り口まで連れ出した。

「これから四人でカラオケに行かないかって話になってんだけど、どう？」

「おまえのコミュニケーション能力の高さには驚愕やわ」

「で、妹ちゃんへのプレゼントは買えたの、おにいちゃん」

「悪かったな、付き合わせて。あともうひとつ、悪いついでがあるんやけど」

ジンが眉を顰める前で手を合わせた。

「ごめん、今日これで解散にしてくれ」

ジンは何かを察したように片方の口端を上げた。

「春桜さんだろ」

「な、なんで…」

狼狽する僕の腕を掴むと、カフェから離れた薄暗いエレベーターホールへと連れ込んだ。

「結局おまえは、春桜さんが好きになっちゃったわけ？」

ジンは買い物客の休憩用のソファーに座り、足を組んだ。

「僕が好きなのはあくまでも桐原麗奈ちゃん。失恋したけど」

「それなのに突然の呼び出しにも応じるわけだ」

「それは、ちょっと気になることが…」

言われてみればその通りだ。僕は彼女が好きなわけではないし、彼女は僕に恋愛感情は抱いていない。いないのだ、と思う。

あのキスは事故のようなものだ。でなければ、どうしてあの時春桜はあんなふうに泣いていたのだ。そのあたりが曖昧なのだ。彼女の思惑はすべて明白になったはずなのに、僕はまだ最終的な解答を出せないでいる。

「行ってきな」

ジンの声が水面に落ちる雫《しずく》のように響いた。顔を上げた僕に、ジンはニッと笑った。

「俺にはあの子たちがいるから気にすんな」

立ち上がったジンは、まあがんばれというふうに僕の肩を叩いた。

「ほんまにごめん」

「いいよ。春桜さんによろしく」

そう送り出してくれたくせに、背中を向けた途端ジンは僕を呼び止めた。振り返ると、ジンは少しだけ冷えた眼差しで僕を見ていた。

「あんまり彼女に飲み込まれるなよ。そのうちおまえ、窒息しちゃうよ」


ジンと別れると、自然と足が走り出してしまう。体は冷静なつもりなのに、心が急かすのだ。僕は牧村春桜という海にいつの間にか足をひたして、腰までつかっているのだろうか。

まだ足は地に着いている。けれど本当は足の親指しか着いていないのかもしれない。本当はもう立ち泳ぎをしているのかもしれない。ひとつ大きな波を浴びたら、そのまま溺れてしまうのかもしれない。

そんな関係はいやだ。僕は安寧な生活を愛している。誰かとくっついたり離れたり、そういうことで煩悶したり安堵したりするのは、もうまっぴらだ。では、牧村春桜への急いている心は何なのだろう。

メイド喫茶に着くと、壁際の奥に座っていた春桜が立ち上がって手を振った。

会えた。

やっと岸に辿り着いたような歓喜のようなこの安堵感は、何なのだろう。

僕の姿を見つけるなり、リィが鬼の形相で飛びかかってきた。

腕を掴むと今入ってきたばかりの扉から押し出して、ビルの階段の踊り場の壁へと僕の体を押しつけた。カツアゲをやり慣れた不良の滑らかな恫喝だった。

「どうなってんだよ、秋葉」

「なにが」

「おまえまだ春桜さんと付き合ってないのかよ」

「付き合ってないわっ」

「春桜さんの恋路に口出しする気はないけど、いかにも女騙してますみたいな男は春桜さんには相応《ふさわ》しくない。おまえが相応しいとも思わないけど、おまえの方がまだマシ」

「話が見えない。あと腕が痛い」

リィは大きく舌打ちをすると顎を振った。

「来いよ。とっととあのにやけた男、追い払って」

「男って誰だよ」

「てめえ、春桜さんになんかあったら、マジで殺すからな」

フリルがいっぱいついたかわいらしいスカートから覗かせた足で僕の太腿を蹴り飛ばすと、また僕を店内へと押し戻した。

甲斐甲斐しいメイドに豹変したリィが案内してくれた席に、春桜と、男が座っていた。

「じゃあ、またね、浜崎さん」

「また誘ってよね、春桜ちゃん」

「だーめ。浜崎さんにはもう麗奈ちゃんがいるでしょ」

「春桜ちゃんのためならいつでも捨てるよ」

「そんなこと言わないで。しっかり捕まえててね」

春桜がにっこり笑って見送ると、席を立った男が振り返った。涼しげな瞳、黒く焼けた肌の隙間から零れる白すぎる歯。東京の夏男と表示して展示しておいても誰も文句を言わないようなルックスだった。

去り際に春桜に向かって投げキッスをして男は店を出て行った。投げキッスという行為を初めて生で目撃した僕は、その気障《きざ》な男に全身が粟立った。

「秋葉くん、どうぞ。座って」

春桜の声で我に返ると、僕は出て行った男が座っていた席に着いた。男が飲んでいたアイスコーヒーを下げに来たリィが、春桜から見えないように睨みをきかせていく。

「はい、これ沖縄のお土産」

春桜がハイビスカスの描かれた紙袋をテーブルの上に置いた。この間の状況からのあまりの落差に唖然としてしまう。

「牧村先輩、沖縄に行っていたんですか」

「そう。撮影でね」

「全然焼けていませんね」

「焼いたら秋の号の撮影ができなくなるでしょ。でも撮影中は焼けたように見えるファンデーションを塗るのよ」

「そういうもんですか」

感心すると春桜は楽しそうに笑う。僕は気を取り直して聞いた。

「それよりさっきの人は」

「浜崎さん。麗奈ちゃんの彼」

絶句する僕をよそに、春桜は天気の話でもするような口ぶりで続けた。

「今日、デートだったの。浜崎さんと」

言葉が理解できなくて目を瞬かせた。リィが運んできたアイスコーヒーに、普段は入れないガムシロップをたっぷり入れて飲んだ。全く動かない脳には糖分が必要だった。

「デートって誰がですか」

「浜崎さんと私が」

「だってあの人、桐原さんの彼でしょ」

「そう。デートしてくれたら麗奈ちゃんと付き合うって言うから」

「あの、全然理解できないんですけど」

「秋葉くん。麗奈ちゃんに彼氏ができました」

「知ってます」

「秋葉くんは残念ながら失恋なの」

怖かった。

ジンが言ったように、真実は大抵怖い。

「だから、私と付き合って」

「意味がよくわからな、」

「もう私と秋葉くんの間に障害はないの。麗奈ちゃんは浜崎さんのものだから」

「あの…。それは、もしかしてあなたが何かして、結果的にそうなったってことですか」

「どうかしら。麗奈ちゃんは《シュクル》にコネが欲しくて、しょっちゅう撮影所に来ては手当たり次第スタッフさんにモーションをかけていたの。すごいのよ、麗奈ちゃん。カーヤに怒られても全然めげないの。感心しちゃう」

脳裏に、梅雨の頃、麗奈ちゃんが実験棟の辺りで藤井カヤに詰め寄られていたことが浮かんだ。

「その中でも麗奈ちゃんが一番熱を入れていたのが、浜崎さんなの」

春桜は美しい鳥がさえずるように続けた。

「ふたりが楽しそうに話しているのを見ていてこれだ、ってひらめいちゃった。だからね、浜崎さんに、麗奈ちゃんとお付き合いしてあげてってお願いしたの。そうしたら、いいよって言ってくれたの。その代わり、一回デートしてって頼まれたから今日してきたの。デートだけよ」

「…。その浜崎さんが、一回ホテル行こうって言ったら、どうするんですか」

「わっ。意外と鋭いのね、秋葉くん。でも今日はデートだけの約束だから」

「次はホテルね、って言われたら?」

「どうかな。麗奈ちゃんを捕まえていてくれるなら行くかしら。だってそうすれば秋葉くんはフリーになるんでしょ」

瞬間、僕はアイスコーヒーの入ったグラスを強く握りしめた。理性の均衡が一瞬でも崩壊していたら、グラスの中身を春桜の顔にぶっかけていただろう。

怒りで打ち震える体を精一杯抑えつける。暴力は嫌いだ。

「僕はあんたを好きになったりせえへん」

「え？」

「桐原さんが誰に惚れようが、それとこれとは別や。馬鹿にするな」

僕は席を立った。

「ちょっと、秋葉」

腕を掴んできたリィの腕を掴み返して、手のひらに千円を握らせた。

「コーヒー代」

メイド喫茶が入った雑居ビルを出ると、アスファルトから容赦ない熱が襲いかかってくる。けれど内側の方がずっと熱い。どいつもこいつもぶん殴ってやりたい狂暴な自分が、体内でのたうち回っていた。

「待って、秋葉くん！」

春桜の声が飛んできた。けれど振り返らなかった。

「秋葉くんっ」

前に回り込んできた春桜の顔は恐ろしいほど無垢だった。僕が何に対して怒っているのかさっぱりわからないといった顔だ。

「どうしてそんなに怒るの？　麗奈ちゃんに恋人ができたから？」

「違う」

「いやなら別れてって浜崎さんにお願いするわ。それならいいの？」

「あんた、あほか」

春桜はあほ、の意味を知らないような顔をした。

「何でもあんたの思い通りになるわけないやろ」

「じゃあ、どうすれば秋葉くんは私のものになってくれるの」

通り過ぎる男たちが無遠慮に視線を向けてくる。野次馬を端からぶっ飛ばしてやりたい感情を抑えつけて、春桜の細い腕を引いて路地へ連れ込む。「強姦だ」「警察呼べ」「動画とれ」という背中のざわめきは春桜と一緒に店から飛び出してきたリィが一喝していた。

僕は春桜を冷然と見降ろした。

「どうしてそんなに僕に執着するんですか」

「だって…」

ゴミだらけの路地で春桜は子猫のように震えていた。

「春と冬を繋ぐのは、夏と秋だもの」

頭の芯が鈍く疼いて眩暈がした。

「それは、僕が〝秋〟で、ついでに〝夏〟も持っているからですか」

「そうよ」

「あんたの家族ごっこはうんざりや」

「ごっこなんかじゃないわ」

「いい加減に、」

「私は秋葉くんが好き。ずっと一緒にいてほしいって思ってる。そのためならなんだってする」

「あんたは僕を好きなんかやない。僕や妹を欠けた両親の代わりに当てがおうとしとるだけや」

「ちがうわ。私は本当に秋葉くんが好きなの」

「だからそれは恋とちゃう」

背を向けようとした僕を引き止めるように、シャツを摑んだ春桜が顔を近づけてくる。鼻先を突かれたと思った途端、唇に熱が灯った。僕は焦って彼女の体を引き剝がした。春桜のスカートがクラゲのようにふわりと浮いた。

「なにすんねん」

「どうすればいいの」

春桜は挑むように僕を見上げてくる。

「どうすればこれが恋だってわかってくれるの。秋葉くんはどういう恋をすれば、それが恋だと思うの？」

それは胸を引き裂いたからといって目に見えるものではないし、設問を解いて導き出せる答えもない。けれど確かに人間の遺伝子の中に、それは埋め込まれている。だから世界にはラブソングやラブストーリーが共通言語のように存在し、角砂糖に群がる蟻のように人はそれを啄《ついば》みたがるのだ。

「私は秋葉くんに好かれたくてこんな服を着ているの」

春桜は自嘲するように自分の服を見降ろした。ふんわりとしたシルエットに淡い色遣い。答えに行きつく様子のない僕を見て、春桜は力なく笑った。

「気づかなかった？　私、ずっと麗奈ちゃんの服装を真似ていたのよ」

僕は絶句した。

真似をしていたのは麗奈ちゃんの方だ。雑誌の中の春桜が着ていた服を真似ていたのは麗奈ちゃんだ。そう思いながら春桜を下から上へとスキャンしていく。顔だけ換えれば麗奈ちゃんのできあがりだった。

「どうして」

「こういう服装がタイプなんだなって思ったからよ。マンガ以外読んだこともないのに図書館へも通った。ＳＦ小説なんてちんぷんかんぷんだったけど、秋葉くんが好きなものだから好きになろうと思った。そういうのだけじゃだめ？」

じんわりと背中に汗をかいていた。春桜が体を寄せてくる。反射的に逃げようとすると壁際に追い込まれていて動けなくなっていた。形勢はいつの間にか逆転している。春桜は唇をひと舐めした。瑞々しい膜を引いた唇から、甘い棘《とげ》のある金平糖のような言葉が零れ落ちる。

春桜は零れ落ちた金平糖を手のひらで受け止めると、ひとつひとつ摘んでは、僕の口に指先で押し込んでくるように語った。それは僕の舌の上で溶けて体内へと流れ落ちた。

そこにいた彼女こそが本当の牧村春桜だった。

ねえ、秋葉くん。もしかして冬月姉さんから、私が無菌室育ちだって聞いた？　ああ、やっぱりそこまで聞いていたのね。

でも私、そんなメルヘンの中の女の子じゃないわ。初恋だって人並みに済ませているもの。

男の人と付き合ったこともあるのよ。

あんまり驚かないのね。そういう経験もない女だとは思わなかったんだ。

その人は〝春〟を持った人だった。父の主治医のチームにいた若い医師。〝春〟が寄り添えば父を亡くした淋しさも薄れるかと思った。でも、その人とはすぐに別れたの。嫌いだったわけじゃないの、嫌われたの。早い話が彼と冬月姉さんがいつの間にか付き合っていたのよ。そっちの方が驚くのね。

無菌室育ちのファザコン女より、冬月姉さんの方が一緒にいてくつろげるんですって。

その後、〝夏〟を持った人と出会ったわ。スタイリストなんて職業だし明るくて社交的な人だったから、冬月姉さんの嫌いなタイプ。だから今度は大丈夫かなって思う反面、その社交性で私と冬月姉さんを結びつけてくれないかって期待していた。

けれど同じ結果になったわ。

冬月姉さんはいつの間にか彼とコンタクトを取っていて、――秋葉くんもそうだったわね――冬月姉さんから「春桜は〝夏〟を探していただけ」と言われたらしいわ。

私はそんなこと関係ないと否定した。でも信じてもらえなかった。「春桜は〝夏〟が付いている男となら誰とでも寝る」って言われたのが致命的だったのかもね。

私、そんな破滅型人間じゃないわ。でも結局、冬月姉さんの言葉は受け入れられて、私の心は信じてもらえなかった。

秋葉くんは、私が好きなのは冬月姉さんだけと言ったわよね。それは正しいかもしれないわ。たったひとりの身内だもの。仲良くしたいと思う。けれど、知っているわ。自分が嫌われていることくらい。

秋葉くん、何でも顔に出ちゃうのね。

でも、どんなに鈍感でも、わかるわ。嫌われている人と一緒にいるとエネルギーを使う。何をするにもびくびくしてしまうし、顔色を窺ってしまう。だから余計嫌われるのよ。

わかっているの。でもね、正直に言えば、怖いの、冬月姉さんが。たったひとつ間違いを犯したら、私たち完全に壊れてしまうもの。

綱渡りをしているような関係は疲れる。私だって安らぎたい。でも私に安らぎをくれた父はもういないわ。ちゃんと認めているのよ、父が亡くなったこと。見取ったのも葬儀の手配をしたのも、お骨を拾ったのも、納骨したのも全部私だもの。そこまでしておいて現実逃避できるわけないじゃない。位牌《いはい》は冬月姉さんが長女のもとにあるべきだって持って行ってしまったけれど。

父はね、私を溺愛してくれた。

でも娘としてというより、亡くなった母の身代わりだったようなものよ。時々私のこと「夏子さん」なんて呼ぶんだから、父の方が現実逃避していたんじゃないかしら。

ううん、でも父のことは好きよ。だから父が遺してくれた《ライカ》は宝物。

私の母は心臓が悪くて、心臓移植が間に合わなくて亡くなったの。その病気はいくらかの確率で遺伝するんだって。それで父は私を隔離するような育て方をしたのよ。

いわ。

冬月姉さんも同じ確率であるはずなのに、どうして私ばっかりって、考えるまでもなえ？　大丈夫よ。毎年検診に行っているけど、今のところ遺伝の疑いはないわ。ありがとう。冬月姉さんは無事に出産できたし、神様は父が恐れていたほど酷いことはしかけてこないみたいね。

でもこの顔が父に不安を与え続けたの。

私この顔が大嫌い。冬月姉さんよりも、私の方が嫌いだわ。

そんなにびっくりしないで、秋葉くん。

知ってるよ、私。冬月姉さんが私を嫌っている理由も。生まれた時から姉妹だもの。

わかるわよ、相手が考えていることの表面的なことくらい。

私が中学に上がった頃、父が何気なく「冬月と春桜は少しも似ていないな」って言ったの。多分、日常の瑣末な会話の中だったと思う。でもその日以来、冬月姉さんは父と一切口を利かなくなった。

家の中がぎすぎすしていって、険悪になっていって、何とかしなきゃって思っていたら、ある日突然冬月姉さんは結婚を決めて家を出て行った。父が入院すると、もう牧村の家を出た身だからって、看病を一切しなかったわ。お見舞いにもこなかった。

でも父はそんな冬月姉さんをちゃんと愛していたの。死に際の最期の言葉が「冬月を愛してくれ。俺の分も。頼む」だもの。それが父のまごころなのだと思った。

だから決めたの。父から受けてきたものを、冬月姉さんに贈ろうって。でも何度も失敗して、跳ね返されて、突破口が見つからなかった。

そんな時、秋葉くんと出会ったの。

〝秋〟を持っている人だと思ったわ。ごめんなさい、正直に言います。あなたの言う通り、口実に使えると思った。ただの交際だとまた失敗するんじゃないかと思って、結婚しようって言ったの。ごめんなさい。

だけどね。

あなたに近づいて、あなたを知って、図書館であなたが働いている姿を見ていると、心が安らいだ。信じてもらえないかもしれないけど、本当にあなたの傍は居心地がよかった。

口実だったくせにって。怒らないで。

最初はそうだったけど、今は違うわ。

いつから。

そうね…。

一緒に神田へ行った時、秋葉くん、電車の中でさりげなく位置を変わってくれたことがあったの、覚えてるかな。覚えていないかもしれないよね、些細なことだから。

でも、後ろにいた男の人がスカートの下に手を入れようとしていたの。

怖かったけど、秋葉くんの迷惑になりたくなくて言い出せなかった。その時、秋葉くんが位置を入れ換わって、私を扉側にしてくれたのよ。

秋葉くんにはそんなつもりはなかったのかもしれないけれど、守ってもらえたって感じた。胸がきゅんとなった。

その後で、秋葉くんが冬月姉さんの家に行ったことを知って、嫉妬したわ。今度こそ冬月姉さんを恨んだ。冬月姉さんとの仲を取り持ってほしくて近づいたくせに矛盾しているってわかってる。でも、すごくすごく悔しかった！

麗奈ちゃんのことも、羨ましくて、悔しくて、だから浜崎さんを利用したの。ごめんなさい。あなたを傷つけてばかりで、本当にごめんなさい。でも、どうしてもあなたの傍を誰かに埋められたくなかった。

きっかけは不純だったわ。ごめんなさい。謝ります。

でも今は、本当にあなたのことが好きです。

あなたとなら、キスもセックスもできるわ。だってずっと秋葉くんの方がしたいって思ってくれることを祈ってるもの。

これが恋じゃないって決めつけられたら、私は何が恋かわからない。

僕は打ちのめされた。

牧村春桜という人間はまっとうだった。

人から嫌われることに対して極めて一般的な苦痛を持ち、大袈裟《おおげさ》な理由など必要とせずに恋に落ちる。

特別なことなど何もない、どこにでもいる没個性的な人間だった。特別視していたのは僕の方だ。周囲からちやほやされすぎたが故に常軌を逸した前向き思考を持っていると思い込み、恐れを知らない人間だと決めつけていた。誰もがうらやむ美貌を兼ね備えているだけで、僕は彼女を高みに祭ってしまった。

釣り合うとか合わないとか、俗な懐疑的思考に視界を覆われて、表面的なこと以外で判別をしなかった。

雨が降ってきた。

第4章　ブラックホール

1

夏休みのサークルのキャンプに春桜《はるか》は参加しなかった。周りは当然のように春桜の不参加の理由を尋ねてくるけれど知るわけがない。

キャンプには麗奈《れいな》ちゃんも来ていなかった。理由は明白で、そして僕はその事実を冷静に受け止められるようになっていた。

キャンプから戻ると、思い切って春桜に電話をかけた。メールをしようとしたけれど、何を書いてもそれを向こうがどう受け取るのかを想像したら、抑揚のない文字は怖かった。

「あ、秋葉《あきは》くん？　本当に秋葉くん⁉」

春桜の第一声に力が抜けた。電話にしてよかった。その声はキラキラした派手なメールよりも彼女の喜びと安堵を余すところなく伝えてくれた。だから僕も素直になれた。

「会いたいんです」

撮影が長引いたらしく、待ち合わせの場所に春桜がやってきたのは九時を過ぎていた。店に飛び込んできた春桜は走ってきたようで、髪もシャツもいつもより乱れていた。

春桜は席に着くよりも先に、前置きなく叫ぶように言った。

「麗奈ちゃんのこと、すみませんでしたっ」

頭を下げた春桜の肩に掛かっていた鞄が、除夜の鐘を打つ撞木《しゅもく》のようにアイスコーヒーのグラスに激突した。ひっくり返ったアイスコーヒーが僕のシャツもズボンも茶色く染める。

「ご、ごめんなさいっ」

春桜は焦って鞄の中からハンカチを取り出して拭くけれど、あっという間にハンカチはぐっしょりと濡れてしまった。春桜はパニックになって鞄に入っていた白いカーディガンでテーブルと僕のシャツを拭いた。

「牧村先輩っ。それ、服！」

「ごめんなさい、私、謝りに来たのに」

「大丈夫だから。服っ。服汚れます！」

「だって秋葉くんのシャツ、こんなに濡らしちゃって」

こちらが恐縮するくらい、春桜は狼狽していた。この人もこんな顔をするんだ、と紙ナプキンでテーブルやシャツを拭きながら僕はどぎまぎした。

店の人にもらったビニールに、濡れてしまったハンカチとカーディガンを入れて渡すと、春桜の声は消え入りそうだった。

「クリーニング代、払うから」

「こんなTシャツ、クリーニングしないですから。それよりそっちのカーディガンの方がずっと高そうで心配なんですけど」

「こんなのいいの、捨てたっていいものだから」

「捨てないでくださいよ。漂白したらまだ着られますよ。ちょっとコーヒーくさいでしょうけど」

僕から笑ってやると、春桜もつられたように笑った。

それから僕たちは会わなかった間の話をした。春桜は単純に雑誌の撮影が忙しくキャンプに参加できなかったと言った。《シュクル》だけではなく、他の雑誌の仕事もしているようで彼女の夏休みは多忙だった。

「相変わらず、華やかですね」

「書き入れ時みたいなものだから」

何を指しているのか瞬時にはわからなかったけれど、少し考えれば予想はすぐについた。

「生活費、自分で稼いでるってことですか」

食事に誘った方が支払いをするなんてルールを持っている姉妹が互いに自立していないわけがなかった。

「モデルはカーヤが勝手に応募して始めたことだけど、普通にアルバイトするよりずっとお給料もいいし助かってるかな。カメラの使い方も教えてもらえるしね」

「一石二鳥ですね」

口をついた呑気な言葉が強烈に恥ずかしくなって俯いた。自活している春桜は実際よりもっと年上に思えたし、なんだかんだいっても親の仕送りなしにやっていけない自分は、うんとガキに見えた。

「秋葉くんって思っていることがすぐに顔に出るわね」

「すみません」

「今日謝りに来たのは私なのに」

春桜は苦笑した。それから姿勢を正してひとつ息を吐くと、今度は冷静に言った。

「麗奈ちゃんのこと、本当にごめんなさい」

僕は首を横に振った。

「僕はただの片想いやっただけですから」

「でもふたりを引き合わせたのは私。浜崎さんをたきつけたのも私」

「牧村先輩、あれからあの人とは」

「ホテル？　誘われたけど行ってないわよ。それにちゃんと言った。麗奈ちゃんは私の好きな人の好きな人だから不幸にしないでくださいって。浜崎さんのことだからどうなるかわからないけど、今のところ麗奈ちゃんは幸せそうよ。ごめんなさい」

「いえ、別に…」

今更ながら真っ直ぐに『好きな人』と宣言されて動揺した。

「私のところにジンくんが来たわよ」

意外な名前が出てきて驚いた。

「あいつを壊さないでほしいって言われたわ。宇宙を目指す仲間なんだからって」

照れくさくなって頰を掻いた。

「私、秋葉くんのこと、本当は何ひとつ知らなかったのかな」

「僕やって、あなたのことよくわからないです」

テーブルを挟んで僕らは視線を交差させた。

「でもサークルみんなが僕に聞いてくるんです。どうして春桜さんはキャンプにこないんだ、春桜さんはどうしているんだ、って。でも僕は答えられなかった」

春桜は思い立ったように鞄の中から手帳を取り出すと、おもむろに八月のページを開いた。

「これが私の夏休みよ。次は何を聞かれても答えられるでしょ」

「マネージャーですか、僕は」

「秋葉くんのことも教えてくれる？」

好奇心いっぱいの子供のような目で春桜は聞いた。

その夜、僕と春桜は一杯のドリンクだけで何時間も話をした。僕は夢中になって宇宙の話をした。子供の頃に望遠鏡で初めて月を見た時のこと、中学生の夏休みに自分でプラネタリウムを作ったこと、ペットボトルで作ったロケットを夢中になって飛ばしたこと。

「お父様のボルトが宇宙と秋葉くんを結んだのね」

春桜は遠慮なく僕の心の中心へ飛び込んでくる。相変わらず彼女には、誰にも立ち入られたくない場所の前に掲げられている〝立ち入り禁止〟の警告は見えないらしい。けれどそれがいやではなかった。あまりにも簡単に、ひょいっと飛び越えてこられると、逆にどうでもいいかという気になった。

それはとても、幸福な時間だった。

プラネタリウムが見たいと春桜が言うので、彼女のスケジュール帳を眺めながら予定を合わせているうちに、その日が楽しみになっている自分に気づいた。そして彼女に抱いていた警戒心がすっかりなくなっていることにも、気づいていた。

しかしその約束の日、僕らがプラネタリウムに行くことはなかった。

その日の朝、駅で春桜を待っていると携帯電話が鳴った。電話の向こうの春桜はパニック状態に襲われていた。

春桜から聞いた住所へ向かうと、マンションの前に女性がひとり立ち尽くしているのが見えた。それが牧村春桜だと気づくのに少し時間がかかったのは、彼女がよれたTシャツにスウェットパンツ、踵を踏んだスニーカーを素足で履いていたからだ。

「牧村先輩、何があったんですか」

駆け寄る僕と入れ替わるように中年の女性が春桜に書類の束とデジタルカメラを渡した。

「これで被害のあった品物を撮影して記入してください。夕方には保険会社の人が取りに来ますから」

苛立ちを隠しきれない口調で言い終えると女性は「ああもう災難だ、災難だ」と呟きながらどこかへ行ってしまった。

「今の人は？」

「大家さん」

春桜はとりあえず部屋に来てと消え入るような声で言った。

春桜のマンションは三階建てのワンルームマンションだった。二階に上がると、コンクリートの廊下はざわめいていた。表から見ると各部屋にはベランダが付いていたのに、廊下側の手すりにはずらりとマット類などが干されていて、各部屋の前には雑誌や本などが雑多に積み上げられている。ここだけ大掃除に追われている様相だった。

突然ロック歌手のような格好をした男が部屋から出てきて、春桜の前に立ちはだかった。

「あ、牧村さん！　本当にすんませんでした」

男は金髪の頭をおもむろに下げる。謝罪をしているようだけど、言葉が軽くて反省しているように全く見えない。

「いえ…あの、工事は」

「あー、まだやってます。オレも楽器の機材濡れちゃって散々っすよ」

「どっちが散々なのよっ」

ロック男が出てきた同じ部屋から顔を出した中年の女性が、金切り声を上げて男を睨みつけた。男は露骨に顔を歪めて舌打ちをする。春桜は住人たちのいざこざを前にしておろおろしていた。

「彼氏さん、っすか」

「え？　僕？」

「なんか力仕事あったら呼んでください、しますんで」

「じゃあ、私の部屋の片づけ手伝いなさいよっ」

　中年の女性が不服そうに言った。

「うるせえな、ババア！」

「なんですってっ！」

「まだうちの部屋の手伝いが終わってないだろ」

　階段の下からサラリーマン風の男が上がって来て言った。

「一階はそんなに被害受けてないじゃない」

「そんなことありませんよ」

「うちの方が大変なんだから、うちをまず手伝うのが筋でしょ」

　と中年女性。

「そんなこと言ったら牧村さんが一番悲惨だよねえ」

「オレ、なんでもやりますから！」

「僕も手伝うから言ってね」

　ロック男とサラリーマン風男が無遠慮な視線を春桜に向けてくる。

「まずはうちにしなさいよっ」

金切り声を上げて女が騒ぐと、春桜がびくりとした。

「牧村先輩、とにかく部屋に行きましょう」

「あ、うん…」

疲れた顔をして春桜は廊下の奥へ進んでいった。

「ホントにしゃーっせんしたー！」

ロック男が懲りもせずに軽い調子で言うから金切り女がまた喚きだした。春桜は僕を押し込むようにして部屋に入れると、素早く鍵を掛けた。住人からのいやらしい視線に曝されて警戒しているのかなと考えていると、ぴちゃんと首筋に冷たいものが落ちてきた。

びくっとして天井を見上げると、薄暗い玄関の天井から今度は鼻先にぴちゃんと水が落ちてきた。

「靴下、脱いだ方がいいよ」

部屋へ続く曇りガラスの扉を開くと、目の前に現れた光景に、僕は愕然とした。

「空き巣、ですか」

恐る恐る尋ねる僕を振り返って、春桜は憐れむような笑みを作った。

「こんなんだから、誰も上げたくなくて。でも大家さんも管理会社の人も様子を見たいから入れてくれって言われて困っちゃった」

肩を竦めて『困っちゃった』というレベルの話ではない。

靴下を脱ぎ、ジーンズの裾をめくって上がり込んだそこは、部屋を一回転させた後のような有様だった。ジャングルの奥地から連れ出され、茫洋《ぼうよう》と広がる海を見せられたどこかの民族のように、僕は目の前の光景にかなり当惑した。

「図書館で借りた本は無事だったから安心してね」

服と雑誌を跨《また》いで渡りついた勉強机らしき一角で、春桜は宝物を見つけたように《銀河鉄道の夜》を掲げた。

「よかったあ。これが濡れたりしないで」

「何がいいんですか。説明してくださいよっ」

すべての秩序が崩壊している一歩手前から叫んだ。

春桜は部屋の窓を全部開けながら今朝からのあらましを話してくれた。

2

「壊れたかけた水道管をずっと放置していたらしいの。上の階の、さっきの金髪の男の子。それで、おとといの夜、酔っ払って帰ってきてお水を飲んで寝て、昨日の夜また飲みに出かけて、それで今朝には水浸しってわけ」

「おといから水を出しっぱなしやったってことですか」

「酔っ払っていて覚えていないみたいなんだけど、多分ね。壊れかけの水道管がそれで完全に壊れちゃって下の階までこの騒ぎ」

「水浸しの理由はわかりましたけど、この部屋の汚さについては」

「時々リィがきて片付けてくれるんだけど、最近リィも忙しくって」

「自分で片付けるもんやないですか、部屋は」

「大切なものはここにあるから」

春桜の指差したのは勉強机の一角。

「図書館の本。家族のアルバム。それからライカ。あ、うちに来た記念に撮ってあげるね」

レンズのふたを開けると、春桜はファインダーを覗き込む。呆然としている僕に照準を合わせて春桜はシャッターを切った。

「いい顔撮れちゃった」

「あほですか、あなたは」

「もう一枚撮る？」

睨みつけてやると、春桜は肩を竦めた。

「どうしてかこうなっちゃうのよね…」

物が散乱した部屋を見渡して、春桜は大して深刻なふうでもなく呟いた。

「とりあえず、片付けましょうか」

「お願いします」

「あなたもやるんですよ」

「ハイ」

僕たちは手分けをして被害にあった雑誌や洋服たちを写真に収めては必要なものと、不必要なものを分別していった。

「それもいらない」

「これは」

「いらないわ」

春桜は何を見せてもにべもない物言いをする。

「この雑誌、纏めていいんですか」

「うん。お願い」

フローリングの床が見えてきた頃、不必要なものを詰め込んだゴミ袋はあっという間にいっぱいになってしまっていた。

「あの、牧村先輩」

「なあに」

「これ、全部いらんのんですか？」

「うん、いらない」

「まだ着られますよ、この服」

「スタイリストさんに勧められて買ったものだから、いいの。欲しかったわけじゃないの」

「この肩たたきみたいのは」

「やだ秋葉くん、それ美顔器。こうやって顔に当てるの。でももう動かないみたい」

「防水加工されてないみたいですね」

「モニターで渡されたものだし、いらないわ」

高そうな器具もゴミ袋に放り投げた。

「ちゃんと分別してくださいよ。あと写真も撮らないと」

「あー、マンガ、全滅だわ」

僕の話などまるで聞いていないふうに本棚から少女マンガの塊を抜きだして顔を顰《しか》めた。濡れた洋服を撮る時は気のない顔をしていたのに、マンガを写真に収めている横顔は心底不貞腐れている。

「マンガばっかりですね、本棚」

「そう？　あ、写真集は無事だ。よかったあ」

「活字の本はないんですか、文学部さん」

「私、活字苦手なの。すぐに眠くなっちゃうんだもの」

春桜の本棚には少女マンガがぎっしりと入っていた。下の段の書物はすべてライカや写真に関するものばかりだ。小説は一冊もない。

「ある意味清々しいですけど」

「秋葉くんはマンガ読まないの？」

「多少は読みますけど…」

「じゃあ、乾いたら貸してあげる。矢沢あい。おもしろいよ」

「少女マンガはちょっと」

「私は《銀河鉄道の夜》読んでるのよ。秋葉くんにも読んでほしいな」

「それ、何回借りたら読み終わるんですか」

意地悪な問いに、春桜は頬をぷーっと膨らました。

「ところでアーサー・C・クラークは何が一番おもしろかったですか。宮沢賢治もいろいろ借りてますけど、どれが好みでした？」

「えーっとね」

「ほんまは読んでないやろ」

図星だったので春桜は目を丸くした。

「知ってたの？」

「確証はなかったですけど、この本棚を見て確信しました」

「外国人の登場人物の名前、覚えられないんだもの…」

「僕、いまどきの作家の本も読みますよ。テレビドラマになっているのもあるし」

「図書館にもある？」

「僕が持ってるの貸しますよ。その代わり、乾いたらそれ、貸してくださいね」

春桜の顔に笑みが広がる。花がひらくような笑顔を目の当たりにして、本気で照れくさくなってしまった僕は半ばやけくそになって働いた。

結局、部屋の中で春桜が関心を持ったのはその少女マンガだけだった。

洋服も雑誌もアクセサリーも化粧品も、気にもかけない。自分が表紙を飾る雑誌まで春桜は惜しみなく「いらない」と言った。

日が暮れた頃、僕が買ってきたコンビニの冷やし中華をふたりで食べた。ゴミ袋は実に十袋を超えていた。やり遂げた達成感に浸りながら僕はぼんやりと、積み上がったゴミ袋を見上げた。

この部屋を片付けていてわかったことがある。

牧村春桜という人間はブラックホールなのだ。

すべてを飲み込み、膨張していく闇。スタイリストがかわいいからと勧めたので買った服、みんながおもしろいというから見たDVD、君に似合うといわれてもらったアクセサリー、ゴミ袋の中は〝みんな〟の中にいる〝牧村春桜〟でぎゅうぎゅう詰めだ。彼女はそれらを何の躊躇もなく受け入れてきたのだ。人から与えられる牧村春桜をどんどん吸収して、この部屋は彼女の手に負えなくなった。

ベランダから入ってくる風に当たりながら冷やし中華を啜っている彼女こそ、リアルな牧村春桜の姿なのだろう。よれたTシャツにスウェットを着て、髪を無造作に結って、頬に落ちてくる汗は指先で拭う、ちょっときれいなお姉さん。

「どうしたの」

「ずっと聞きたかったんですけど、それ、パジャマですか？」

「え？」

春桜は初めて自分の身なりに気づいたように目を見開いた。逃げようにも逃げられる場所はない。冷やし中華を持ったままおろおろする彼女の姿は、素直に僕の幸福を揺さぶった。

「それより今夜、どうしますか。電気もショートしてるんでしょ」

「そうねえ…」

「藤井先輩のところ、電話したらどうですか。リィでもいいし」

「リィは夜もバイトがあって忙しいからだめ」

「じゃあ、藤井先輩に」

　春桜の表情が曇った。

「カーヤとはまだ喧嘩していて連絡を取ってないの」

「もしかして、僕のことですか？」

「秋葉くんを殴ったのは許せないもの」

　生まれてこのかた女同士の喧嘩の対象になったことなど一度もない。それはベランダから入ってくる風のように静かに僕の矜持を震わせた。喧嘩なのだから喜びを感じるのは不謹慎だと思いつつも、面映ゆい感情が湧き上がって止められない。

「すみません…」

「喧嘩は中学生の頃から時々するの。私もカーヤも意地っ張りだから言い出したらどちらも譲れなくて。でも、それでも友達関係続いているんだから、時間が経てば元に戻るわ」

「そういうもんですか」

「それより今夜、どうしようかな…」

　春桜は何気なく言ったつもりだろうけれど、その言葉は僕らの上に重力を持って伸《の》し掛かってきた。濡れたベッドの横に置かれた時計の針が結論をせかすようにカチカチと時を刻む。ごくりと息を飲んだ。

これはボランティアであって、決して下心ではない。そもそも牧村春桜に下心など持たない。故に、これは人として正当な発言なのだ。

「うち、来ますか」

ひぐらしの鳴き声が濡れた部屋の奥まで響いた。

3

そうして春桜は僕の部屋に移り住んだ。部屋が元に戻るまでという条件付きシェアだったはずなのに、部屋のリフォームが済んでも、夏休みが終わっても、春桜は自分のマンションに戻ろうとしなかった。そして僕はそれを容認していた。

僕は牧村春桜を好きになってしまったのだろうか。

夏の終わり、それについて考えるようになっていた。

「おまえ、ゲイなの？」

ジンの冷ややかな眼差しに僕は慄《おのの》いた。何を言いたいのかわかっている。

「あの牧村春桜と同じ部屋にいて、どうしておまえは平気なの」

「平気ちゃうわ…」

「据え膳食わぬは男の恥だぞ、秋葉」

「ジンにはわからんねん」

あの女の無防備さを。男のいやらしい視線に四六時中曝されて生きてきた女の鈍感さを。

「あの人は平気やない男ばっかに囲まれてきたんや。だから、それが通常やねん」

「サインでも出せば」

「そんなもん出せるか！」

「秋葉、童貞だもんな」

「言うなっ」

ジンは携帯電話を操作しながら続けた。

「おまえさあ、春桜さんと暮らしてること、誰にも知られない方がいいぞ」

「知られたら暗殺されるに決まってる。また裏掲示板か」

「リィが監視しとけって言うからサ」

「そっちはどうなんや。付き合ってるんか」

「意外と硬いんだよね、あの子。俺はまだ〝春桜さんが好きな男の、友達〟から格上げされないみたい、悲しいかな。お互いガンバロウ」

「いろいろ無理や」

僕はもうショート寸前だった。夏休みが終わってから、ずっとこんなだ。

苛立ちの根源はもちろん春桜だ。

けれど、もうひとつあった。

夏休みに一度も実家に帰らなかったことを咎《とが》める、幼馴染からのメールだった。

図書館のロッカールームで指定のエプロンをかけ鞄の中から携帯電話を出した。電源を落とそうとした途端、引き止めるようなタイミングでバイブレーションが作動した。メールを送信してきたのは幼馴染の兵頭理央だった。

――メール無視するのやめてよ。そんなに大阪が嫌いなの？　秋葉はもう大阪に戻ってこないつもりなの？

理央からのメールはここのところ『？』マークでいっぱいだ。

二つ年下の兵頭理央は商店街にある酒屋の一人娘だ。飲んだくれの父親の使いで酒屋の常連になっていた僕を、理央の両親は憐憫《れんびん》を含みつつ、とてもかわいがってくれた。

幼少期は理央と一緒に酒屋の庭でよく遊んだ。理央は子供の頃から本が好きだった。そんな理央に両親が買い与えていた宮沢賢治の全集を、理央の家で読ませてもらうのが何よりも楽しかった。

酒を飲む人間がいなくなってしまっても、母の再婚で二駅分の引っ越しをしても、母が酒屋に通い詰めている僕に気づいてからも、関係は続いていた。

母が夏芽《なつめ》を連れて買い物に行くようになって、おじさんもおばさんも僕の家庭環境を理解していたようだけど、それらを僕に問うような下世話な人たちではなかったので、兵頭家は僕にとってバードサンクチュアリのような場所だった。

高校に上がってからは理央の家庭教師のようなことをやっていた。けれど、三年生になると、のうのうと羽根を休めている時間など物理的になくなっていき、次第に足が遠のいていった。

夏休みが始まる前にも理央からメールをもらっていた。いつ帰ってくるのという問いに僕は答えなかった。次は夏芽の誕生日。次は夏休みが終わってから。理央のメールは徐々に歯痒《はがゆ》いものから苛立ったものへと変わっている。

そっと携帯電話を眠りに落とした。メールは便利だ。返信をしないことが千の言葉を勝手に運んでくれるのだから。

部屋に戻ると僕のＴシャツの上にパーカーを羽織った春桜が迎えてくれた。

「秋葉くん、おかえりなさい」

毎日聞いていても慣れない言葉に眩暈を起こしている僕のことなど歯牙《しが》にもかけず、

春桜はにこにこしながら部屋の奥へと入っていく。

書棚の前に脚立が置かれていた。

「今日は夏の星座でしたね」

「そう。はくちょう座を作ってるの」

「手伝います」

テーブルの上には星座の写真集が広げられ、その横に蛍光塗料が塗られた星型のシールが散らばっている。星型のシールを、星座の形に並べて天井に貼っていく作業に、僕たちはここ一週間ほど没頭していた。

「これで夏の大三角形が完成ね」

春桜は白鳥の尾のデネブを貼ると、もう完成しているわし座のアルタイルと、こと座のベガを指先で繋いだ。

「あとはアルビレオを貼れば、はくちょう座はできあがり」

春桜はふたつ星型のシールを取った。ひとつもらうと僕も椅子の上に立って天井に貼る。

「色違いに見えるシールならもっとよかったのにね」

白鳥のくちばしの位置にあるアルビレオは青と黄色の二重星だ。《銀河鉄道の夜》にも登場する。春桜はそれを物語のように忠実に示したいのだろう。

「四回も繰り返し借りて、やっと読めた記念ですからね」

「そう、アルビレオは私にとって読破記念の星」

ふたつのシールをくっつけて貼ると、天井の夏の星座は大体完成した。

「あ、秋葉くん。郵便来てたわよ」

春桜が思い出したようにテーブルを指差した。

「ねえ、こたつ布団はまだ買っちゃだめなの？」

「まだ早いですよ」

「早くこたつしたいなあ」

脚立の上に座って春桜はうっとりしている。この人は冬までこの部屋にいるつもりなのだろうか。

半分うんざりしながら、もう半分は確実にうれしい。僕の男の本能の限界点はまだ先にあるのだろうか、それとももう断崖絶壁に立っているのだろうか。そんなことを思いながらテーブルの上の郵便物を取った。

数枚のDMに混ざって母からの手紙があった。封書を裏返さなくても、字を見ればわかる。僕の名を幾千回も綴ってきた字だ。

母から届く手紙は回数を増すごとに厚く、重くなっていく。母の字から立ち上ってくる悲しみや愛や恨めしさで、息が苦しくなった。

「秋葉くん、見て」

突然呼ばれて、目を覚ますように顔を上げた。そこにいる春桜が神の啓示を説くように天を指差した。

「ノーザンクロスからサザンクロスまで銀河鉄道が開通したわ」

春桜の指先が北十字の別名を持つはくちょう座からわし座、射手座、さそり座を通って、ケンタウルス座、そして南十字星まで繋いだ。

「うわ、すごいな…」

天井は物語の中に登場する星座だけでなく、星座早見盤を台紙から引っこ抜いてそのまま写した、というくらい星の無法地帯と化していた。

「電気消してみようよ」

春桜が脚立から降りてカーテンを閉めた。その隙に手紙を机の引き出しに、いつものように押し込んだ。

「じゃあ消しますよ」

「待って待って。せっかくだからカウントダウンさせて」

興奮を抑えるように春桜は何度か深呼吸をしてから、カウントを始めた。なにせ一週間のほとんどを費やした大作なのだ。

「サン、ニ、イチ、ゼロ！」

春桜の声を合図に明かりのスイッチを切った。

次の瞬間、頭上に銀河が広がった。

「うわあ」

春桜が感動の声を上げた。僕はそれすらも出なかった。初めて天の川を肉眼で見た時のほとばしるような感動を思い出した。

「宇宙だ…」

「うん、すごいね」

「すごい」

春と、夏と、秋と、冬。勢ぞろいした星たちの共演は、それが安物のシールであったとしても、幻想の世界へといざなう力を持っていた。

座り込んだ春桜の横に僕も腰を降ろした。僕たちの頭上を細かな光の波を立てながら汽車が滑っていく。ひるがえるすすきや紫のりんどうの花さえ見えるような気がした。

宇宙の中に自分の体が落ちていくような感覚がする。僕はこの感覚がたまらなく好きだった。自宅と学校だけの狭い世界の中で窒息しそうな僕を、宇宙はいつだって寛容な懐《ふところ》に包み込んで、僕を誰でもない、没個性のその他大勢に容赦なく沈めてくれるのだ。

その圧倒的な闇の中へ融《と》けていこうとする僕の腕に、誰かが触れた。

隣に春桜がいた。腕と腕が触れる距離で他人と一緒に星を見上げたことなんて、一度だってなかった。

隣に感じられる他者の体温に僕の心は震えた。宇宙を思う以外、無為で倦《う》んでいた僕の人生に、彼女はいつから寄り添っていたのだろう。

「ああ、消えちゃう」

春桜の声が光を追い求めた。けれどシールに塗られた蛍光塗料の光は内側から自分の光を吸収していくように静かに輝きを失っていく。星たちは申し合わせたようにゆっくりと闇の中へ融けて消えていった。

星々がざわめいていた分、余計にふたりきりが空間から切り取られたように際立ってそこに残された。

「きれいだったね」

春桜が無防備に僕を見上げる。だから少しだけ顔を落とすだけでよかった。

僕はブラックホールの中にゆっくりと落ちていく。けれどそれは思っていたより悪くはなかった。

僕はもう、恋をしている。

4

それから僕は、ずっと抑え込んでいたものが一気に野に放たれて自由に走り回るように恋にのめり込んだ。

撮影が長引いて遅くなった春桜を迎えに駅に行くと、彼女の方が先に着いていて柱の前でじっと僕を待っていた。行きかう人は男も女も関係なく、彼女の引力に引き寄せられている。彼女は僕を見つけると、ころっと少女のような表情になって駆け寄って来た。

愛情表現に用いるボキャブラリーのスペックがゼロに近い僕は、喜びをうまく表せずに、視線を、彼女が抱えていた花束へと逸らした。

「きれいでしょ、りんどう」

春桜が目線まで上げると、薄紫色の花たちが一斉に揺れた。

「駅の花屋さんにいっぱいあったから買っちゃった」

「《銀河鉄道の夜》に出てくるから？」

「そう！」

アパートまでの道のりで一日の出来事を互いに話す中で、僕と春桜は大きな駆け引きをしている。僕の手は片方でりんどうの花束を持ちながら、もう片方は行き場を探っている。

手を繋ぐことさえスマートにできない僕を、春桜がもどかしく待っているのが伝わってくる。けれど今夜もきっとだめだ。あの角を曲がったら春桜は我慢できなくなって自分から指を絡めてくるに違いない。

自己嫌悪に片足を突っ込んだ瞬間、背後に強い気配を感じて反射的に振り返った。

「秋葉くん、どうかしたの？」

「いや、…なんでもない」

通って来た道の街灯の下はひっそりとしている。

こうして二人で歩いていると時々感じる。背中に焼印を押しつけてくるような自己主張の強い視線。

僕たちの関係が変化したことに、大学中が気づいていた。裏掲示板に幾つのスレッドが立てられているのか想像もつかない。ジンも見ない方がいいと笑っていた。けれどジンが笑っているのだから大丈夫だろうと、どこかで油断している。呑気にかまえていたらそのうち、背中から刺されるのだろうか。

角を曲がったタイミングで予想通り春桜が指を絡めてきた。

刺される前に春桜にきちんと想いを言葉で伝えたい。それから一回くらいやりたい。

手を繋ぐことさえうまくできない僕が、春桜をベッドに誘うことなどできるわけがなかった。春桜は何も言わないけれど、多分、僕を待っている。手は自分から繋げても、その主導権だけは僕に与えてくれているのだ。それが春桜の思いやりなのか恥じらいなのか意地なのかはわからないけれど。

部屋に戻り風呂から出ると珍しく春桜がノートを広げて勉強していた。隣に座って様子を窺うと、ノートの内容をもう一冊のノートに写しているようだった。

「誰かにノート借りてきたん？」

「ううん。カーヤに渡すために作ってるの」

刃物を首筋に当てられたように、ぎくりとした。

「藤井先輩、どっか行ってたん？」

「ずっとロシアに行っていたんだって。おばあさんが体調を崩されて、それに付き添っていたんだって。おばあさんが元気になったから日本へ戻るってメールが」

「仲直りしたんやな」

春桜はペンを止めると顔を上げた。

「言葉で仲直りしようって言ったわけじゃないの。ただメールが来たの。来週ロシアから戻るって。メールが来るってことはカーヤの機嫌が戻ったって合図だから、帰ってきたら元通りよ。いつもそうだから」

「まあ、男同士も仲直りしようとかは言い合わんか」

「秋葉くんも許してあげてね」

そんな顔で言われたら殺されたって許してしまいそうだ。雰囲気に流されてキスをしかけた僕の邪魔をするように携帯電話がけたたましく鳴り出したので慌てて手を伸ばした。

携帯電話の画面には兵頭理央の名前が出ていた。春桜の手前出ないのは怪しい。けれど出た後で理央の説明を春桜にするのも面倒くさい。

咄嗟《とっさ》に保留ボタンを押して、着信音を停止させてから少し考えて通話終了のボタンを押した。

「間違いかな」

デスクに向かうと教科書を広げる。勉強を始めたら春桜は一切声をかけてこない。彼女に気づかれないようにそっと電源を落とした。今の生活を誰にも邪魔されたくなかった。

5

図書館の職員用の手洗いは三階にある。用を足していると窓の下から「春桜先輩こんにちはー」という学生たちの鈴のような声がした。ズボンを整えながら窓から下を眺めると、裏門から春桜が入ってくるところだった。

春桜が挨拶に応えると、後輩たちはきゃあっと嬌声を上げた。そんなことを歯牙にもかけず春桜は正面玄関の方へ歩いて行く。颯爽《さっそう》としていてかっこいいなあと思った。あれが僕の彼女なんだなあと、でれでれしながら窓辺を離れようとすると、目の端に何かが映った。鏡に反射した光が目の中に入ったような、サインめいた何かだ。

もう一度窓の外を見渡した。春桜に声を掛けた女の子たちが裏にある児童公園に入って行くのが見えた。図書館と隣接している児童公園の中では下校した小学生たちが駆け回っていたり、お年寄りがベンチに腰掛けて新聞を読んでいたりするのが見えた。圧倒的な動と、圧倒的な静が混在している真ん中を、そいつは音もなく、けれど触れたら子供の柔らかな肉もお年寄りの薄い皮膚もすぱっと切ってしまう刃物のような気配でこちらへやってくる。

僕は全身が粟立った。

咄嗟に曇りガラスの窓の陰に隠れると、片方の目だけでそいつの動向を追った。春桜の話では藤井カヤは来週戻ってくるのではなかっただろうか。

カヤが児童公園を突っ切って図書館の裏門をくぐるまでの時間はとても長く感じた。

そのまま春桜が通った道を行けと願う。けれど願いは当然のように届かなかった。

手洗いを飛び出すと、隣にあるロッカールームへ飛び込んだ。素早く窓にカーテンを引き、その陰に隠れて目線を下へと落とした。銀色の髪の女は、下の駐輪場の柱にもたれて一心不乱に携帯電話を操作していた。僕は自分のロッカーから携帯電話を出してきて、ブックマークしておいた大学の裏掲示板のサイトへアクセスしてみる。

液晶画面はたちまち虫の死骸を等間隔で並べたような『殺』の文字で埋め尽くされた。絶句しながら恐る恐る更新ボタンを押した。画面がリアルタイムのページを映し出すと、まだ生温かささえ感じられる『殺羽田秋葉殺』の文字が浮かび上がった。

僕はもう一度カーテンの隙間から下にいるカヤを見た。カヤは爪を噛みながら携帯電話をいじっていた。画面を更新してみると、濃密な憎悪が手のひらに届いた。

書き込みの最後に画像ファイルへのアドレスがあったので、恐る恐るアクセスしてみる。悲鳴を上げそうになって自分の手で口を塞《ふさ》いだ。

りんどうの花束を持った僕と春桜が並んでアパートの門をくぐるところだった。怖くなって元の画面へ戻ると、また新しいアドレスが書き込まれている。毒を食わば皿まで、だ。

プラネタリウムの売店で星のシールを選んでいる僕たちが、横から隠し撮りされている画像。その後には、普通に歩いている僕の画像と、その僕が着ていたTシャツを着てコンビニで買い物をしている春桜の画像が連続して掲載された。

　ばら撒かれた餌に群がってきた野次馬たちは、人間としてのリミッターをすべて解除しているとしか思えない原始的な言葉の数々を垂れ流していく。それは丸腰の僕に糞尿をぶちまけてくるような、目の前で春桜が蹂躙されているような、吐き気がするような言葉の応酬だった。

　図書館のホールへ戻ると、トイレにどれだけ時間がかかるのよ、と美智さんに叱られたけれど顔色が悪かったせいか、お腹の調子が悪いの？　と心配されてしまった。カウンターへ出ると、閲覧席から春桜が小さく微笑みかけてくる。僕は目で応えながらさりげなく館内を見渡した。藤井カヤは当然のことながらいなかった。

　それから僕の身の回りでほんの少し変化が起きた。それは深刻にとらえなければ子供のいじめの類のものだ。

　鍵のついていない郵便受けにびりびりに破かれたＤＭが入っていたり、スナック菓子やペットボトルのゴミが入っていたり、差出人の書かれていない封筒が入っていたりした。

　封筒の中身は子供のいじめ風に言うと不幸の手紙のようなものだ。あほらしい行為だけれど、春桜に見つからないようにすべてを片付けるのは少し骨が折れた。

　あとはトイレに閉じ込められたり、講義中に後ろから消しゴムや紙くずが飛んできたりした。トイレの扉をよじ登るくらいの腕力はあったし、飛んでくるものなら大体下敷きで打ち返せる、自称少年野球でエースの4番だったジンが共に闘ってくれたので何とかやり過ごせた。

「スタンガンでも買っとく?」

秋葉原ならあるだろ、とジンが言う。僕はメイド喫茶のテーブルに突っ伏したままどっち付かずの返事をした。

「なんか疲れてるね、秋葉」

コーヒーを運んできたリィが頭の上から言った。

「同棲してるのがばれて、桜姫ファンに火が点いちゃったからね」

ジンが代わりに応えると、顔を上げた僕の前に眉間を曇らせたリィの顔があった。

「あたしが一発かましてやろうか、そいつらに」

「あほ。火に油や」

「春桜さんに危害が及ばないようにしてよね」

「それは、大丈夫…」

「藤井カヤが隣に控えてるから」

「帰って来たんだね。てか、ロシア行ってねえだろ」

リィはジンに教えてもらって裏掲示板をずっとチェックしていたらしい。何の根拠もなかったけれど、盗撮は藤井カヤの仕業だということで意見が一致していた。そして春桜には絶対に言うなということでも一致していた。

「完全にストーカーだね、あれは」

「郵便受けにいたずらしてるのだって、絶対藤井だって」

「今度見張ってみようか」

「それいいね」

探偵気取りではしゃいでいるふたりを、僕は制した。

「見つかったら半殺しにされるで」

『やっぱりスタンガン買う？』

ふたりが口を揃えた。

店を出ると、ジンはリィの仕事が終わるまでぶらぶらしていると言って電気街の雑踏に消えて行った。春桜が帰る前に郵便受けのチェックをしなくてはならなかったので足早に電車に乗った。

春桜は今日、風間家へ行っている。《銀河鉄道の夜》の絵本を見つけたので千景にプレゼントしたいそうだ。のこのこ会いに行ったりして冬月《ふゆつき》に殴られやしないかと心配すると、「冬月姉さんの方から連絡が来たのよ。お仕事が立て込んでいるみたい」と春桜はうれしそうだった。

千景にだけプレゼントを持って行けば妹の茜がへそを曲げるのはわかるので、茜に折り紙を折って春桜に持たせた。レポート用紙で作った立体的なパンダとうさぎの出来栄えを見て、春桜はものすごく感心してくれた。夏芽にせがまれて山ほど動物の折り方を覚えた甲斐があった。

アパートへ着くと、意外な連中と鉢合わせになった。

突然現れた僕を見て、彼らは目を丸くした。僕もどうしてこの顔触れがここに揃っているのか戸惑ってしまった。彼らの手元に目を移すと、郵便受けの中に菊の花束を突っ込んでいるところだった。

怒りで血液が逆流したり恐怖で青ざめたりすることもなく、冷静な思考で目の前の出来事を咀嚼した。

「あんたらやったんか」

僕の声で再生ボタンが押されたように、一時停止していた彼らが動き出した。

「もうすぐ誕生日だろ、羽田《はねだ》」

「だからお祝いに来てやったんだよ。同じサークルの仲間として」

新入生歓迎コンパの時に僕とジンの名前を嘲笑したサークルの会長と副会長が交互に言った。その後ろのふたりもサークルの幹部だ。にやにやとみんな同じ顔して笑っている。僕は言いたいことを全部飲み込んだ。その方が賢明だと感じたからだ。

「帰ってくれ」

目線を逸らして呟いた。

けれどその瞬間、彼らの雰囲気が一変したのが気配でわかった。顔を上げるのよりも、背中を壁に叩きつけられる方が早かった。痛みで歪んだ視界の中に、サークルの指揮を執っている会長の顔があった。精悍な顔は何かに取り憑《つ》かれているように青白い。

「おまえ、図に乗るのもいい加減にしろ」

濃い悪意が息と共に頬にかかる。その熱で頬の肉がただれてしまうのではないかと思った。罵倒が後ろからも飛んでくる。予想はしていたけれど、言葉はあっという間に暴力に取って代わった。

冷えたコンクリートの上へ倒れ込んだ僕を男たちが代わる代わる殴りつけてくる。暴力の海に沈められて、顔を出そうとすると拳《こぶし》が飛んできた。僕は拳の波の中をもがきながら必死で鞄のファスナーを開いて中を漁った。それは紙袋に梱包されたたままだった。こんなことなら電車の中でパッケージから出しておくんだったと後悔した。

サッカーボールのように僕の頭は彼らの間を転がされて、壁に激突した。脳みそが頭蓋骨の内側で一回転したような一瞬の浮遊感の後、激痛が走った。頭か額が切れたのだろう。生温かく粘り気のある水が目の横を流れていく。

血を見た男たちはさすがに怯《ひる》んだようだった。所詮、こいつらは人を殴ったり人から殴られたりしない環境で育っているのだ。キャンプサークルなんて生ぬるいところに所属している人間は、呑気に飯盒炊《はんごうすい》さんでもやってキャンプソングでも歌っていればいいのだ。

朦朧としながら、春桜のことを想った。本を読みながら歩いていたら歩道橋から転がり落ちたと言えば、この怪我の辻褄が合うだろうか。

「てめえ、何笑ってんだよ」

副会長が顎を摑み上げてくる。笑っているつもりはなかったけれど、殴られすぎて顔が変形しているようだ。

「笑ってませんよ」

不真面目な言い方が気に入らなかったか、ハムとウインナーでこしらえたような丸々した拳が飛んできた。僕の体が吹っ飛ぶと鞄も一緒に飛ばされて、教科書やノートがコンクリートの上に散乱した。

連中のピカピカな革靴やブランド物のスニーカーがそれらを踏みつける。蹂躙されているそれらをぐったりしながら眺めていると、僕の目に小さな麻の袋が映った。

飛びつこうとした僕の動きを、察知した男がひとりだけいた。伸ばした僕の手より先に、鋭角の爪先をしたスエードの靴がそれを踏みつけた。

目の前で、六角ボルトが踏みつけられた。

前置きのない衝撃で頭の中のスポットライトに電源が入ってしまった。それは僕の奥にひっそりとしまわれていた記憶を煌々《こうこう》と照らした。

6

働き手が誰もいなくなった工場はゆっくりと眠りにつくように死んでいった。無機質な機械たちは二度と研磨《けんま》の音を響かせることなく他人の手へ渡っていく。幼い僕はがらんどうになった工場を見て、内臓をすっかり抜かれてしまった人間を思った。その片隅に残滓《ざんし》のようにボルトが落ちていた。

父は蒸発した時、離婚届以外残さなかったし、母は父がいなくなった後、父に関するすべてのものを処分してしまった。これだけが僕に残された、僕と父がかつて親子だったことを示す物証なのだ。

顔を上げた僕を、会長は見降ろしていた。にやにやしていた顔に、徐々に恐怖が広がっていく様を黙殺しながら、ゆっくりと立ち上がった。

逃げようとした会長の腕を摑んで固定すると、躊躇なく拳を振り上げた。手の骨と彼の頬骨が接触した瞬間、僕の内側の塊が破けて、その中から吹き出した膿のようなものが彼めがけて飛んでいった。

リーダーが吹っ飛ばされたのを見た連中は、また新たなギアを体に入れたように襲いかかってきた。でももう痛みなんか感じない。表面よりも破れた内側の方がずっと痛い。

このまま暴力の沼に沈められて窒息してしまいたいと瞼を閉じかけた時だ。女の悲鳴が聞こえた。

僕たちに一時停止の号令をかけたのは、帰ってきた春桜だった。

「なにしてるのよっ」

春桜の悲鳴がコンクリートの天井に反射して突き刺さる。僕を囲んでいた男たちは子供のように怯んだ。

狼狽する男たちの中でひとり、太った男が間違ったギアを入れてしまったのが気配でわかった。それは男という生物にだけ伝染する共通言語のようなものだ。

「秋葉くんっ」

穴倉のようなそこに、春桜は無防備に飛び込んでくる。男たちが申し合わせたように息を飲んだのがわかった。彼らの中にある本物の狂気がぬらりと立ちのぼる。僕は全身のすべての電源に最大量の電流を流した。重力を失ったような軽やかさで立ち上がると、散らばる教科書の中から小さな紙袋を取り上げて春桜の前に立った。男たちから目を離さずに、中に入っている缶を取り出した。

そして飛びかかってきた男たちに向けて、思い切り噴射ボタンを押した。

「うわあ！」

男たちが甲高い悲鳴を上げた。辺りは赤く煙って肌を刺すようなトウガラシの匂いが広がった。スタンガンは大袈裟だけど、もしものことを考えて催涙スプレーを買ったのだ。

男たちはあっという間に身動きが取れなくなった。更にそこへ、スタンガンよりも殺傷能力のある藤井カヤが飛び込んできた。カヤは涙と鼻水と涎《よだれ》を垂れ流している男たちを捕まえると、無表情のまま殴りつけ、踏みつけ、蹴り上げた。淡々と機《はた》を織るようなリズムで男たちを縦へ横へと振り回す。僕は春桜を抱きしめながらその様を見ていた。

カヤが狩人《かりうど》のように太った男の喉元を締め上げると、男は短い呻き声を上げた。あとちょっとカヤが力を込めたらそれは断末魔の声になっていただろう。

「カーヤ！　やめてっ」

獰猛な狼を諌《いさ》めるような声を春桜が上げると、カヤはぴたりと手を止めた。

カヤの暴力から解き放たれた男たちは悲鳴を上げながら一斉に散っていった。呆然としていると、ふと腕の中に重みを感じて我に返った。

腕の中の春桜は紙のように真っ白な顔をしてぐったりしていた。支えてやるとそれに凭《もた》れるように春桜の足が崩れ落ちた。

「牧村先輩っ」

一緒にその場に座り込んでしまった僕を、カヤは邪魔だとばかりに押しのける。

「部屋の扉を開けろ」

カヤは僕の腕からすっかり春桜を奪い去ると、軽々と抱き上げて命じた。

7

ベッドの上に寝かせた春桜の手首を取ると、カヤは腕時計に視線を落とした。脈拍を測っているようだった。そして腰を上げると春桜のシャツのボタンをひとつはずした。額に掛かっている髪を指先で梳いた。一連の動きの中に、誰の立ち入りも許さない歳月の脅威があった。鳩尾《みぞおち》の辺りに嫉妬が湧き上がってきて顔が熱くなる。

春桜とカヤの間に割り込むと、春桜の額に水で冷やしたタオルをのせた。まだ春桜の顔に血色は戻っていない。

「心臓が弱いんだ」

振り返るとカヤの目が真正面から捕えてくるので、一瞬気後れしてしまう。

「心臓って…？」

「おまえには話してないんだな」

カヤが片頬で笑う。イニシアチブを主張してくるようなシニカルな表情はこちらを無性に苛つかせた。

「心臓移植が間に合わなくて母親は亡くなったと聞いた」

「遺伝する確率があることも？」

「聞いてる。ちゃんと検査は受けてるって」

「発症はしていない。ただ強いショックを受けると倒れたりすることは中学の頃からあった」

「じゃあ、これも？」

カヤは答えなかった。けれど彼女が言う強いショックとは僕が暴行されている現場を目撃したことだろう。青ざめている春桜の顔を見つめた。愛おしさが込み上げてきて鼻の奥がつんとした。僕は泣きたいくらい春桜が好きだった。

春桜の白い頬に手を伸ばした。けれど、咎めるような力で僕の腕は掴み上げられて春桜には届かなかった。見上げると、冷然としたカヤの暗い瞳があった。

僕たちは視線を幾重にも交差させながら、男とか女とかいう主観でも客観でもない意識を超え、ただ牧村春桜という人を中心に据えて対峙していた。僕たちは等しい感情を共有しながら対角線上に存在しているのだ。

「春桜と別れろ」

部屋の中に夜が忍んできて青く染まっていく。カヤの顔が青白く燃えていた。

「いやや」

「おまえはただの打算なんだ。冬月との関係を埋めるための駒でしかない」

「僕らはもうそんなんとちがう」

腕を掴むカヤの手に力が込められる。けれど僕は顔を歪めたりしなかった。

春桜を祭り上げて崇めている連中とカヤは違う。こいつは春桜に心酔しているのではなく、まして友情を育んできたのでもない。カヤは春桜に恋愛感情を抱いているのだとはっきりとわかった。

「僕は春桜が好きや」

立ち上がった途端、思い切り頬を張られた。先ほどの男たちのパンチよりも脳天に激痛が走った。頬の痛みを別の痛みで抑えつけるように奥歯を噛みしめながら、負けない力でカヤの頬を張った。僕たちは互いのテリトリーを守る野生動物のように沈黙の中で睨み合った。

カヤは透徹した殺意を隠すことなく向けてくる。痛くても怯むわけにはいかなかった。一歩でも後退したらこの均衡が崩れて、そうしたら頬を張られるだけでは済まないだろう。けれど今は恐怖よりも怒りの方が上回っていた。

力でねじ伏せようとする者たちへの炎《ほむら》立つような怒りだ。

拳を使えば事態を方向転換できると思い込んでいる人間が世の中には多すぎる。父も、サークルの男たちも、冬月も、藤井カヤも。

僕も春桜も生身の人間なのだ。殴られたら痛いし傷つく。奪われたくない矜持をパンでもちぎるようにむしられていくのは、何にも代えがたい屈辱なのだ。そんな当たり前のことを、殴っている側はわからない。それが無性に許せなかった。

「あんたに春桜は渡さない」

カヤの手がまた飛んでくるのを両手で抑え込んだ。そのまま押していって壁際に追い詰める。

僕は男の力でカヤを抑え込んだ。カヤはそれに抗《あらが》って唸る。歯噛みして抵抗するカヤから、自分が女性であることに対しての憤りのようなものが垣間見えた。

一瞬力を弱めた僕の腹にカヤは容赦なく膝を打ち込んできた。体を折る間もなく殴られて書棚に突っ込んだ。衝撃で並んでいた本がばさばさと羽音を立てて床へ落ちた。

「秋葉くん…？」

その音で目を覚ました春桜にカヤは素早く駆け寄った。

「触るなっ」

僕の叫び声に、起き上がりかけていた春桜はびくりとして体を強張らせた。カヤは僕の制止など歯牙にもかけず小動物に触れるように慎重に春桜へと手を伸ばした。

顔を上げた春桜はカヤの姿を捕えると後ずさって「いやっ」と拒絶した。

「もう束縛しないで」

一瞬、カヤが春桜を殴りつけるのではないかと感じ、素早くベッドに駆け寄って春桜を抱え込んだ。

「秋葉くん、秋葉くん」

しくしく泣き出して縋りついてくる春桜をしっかりと抱いた。

「帰ってくれっ」

全身の力を振り絞って叫んだ。春桜が腕の中で震えていた。

カヤは急激に電圧が下がっていくように顔から精気がなくなっていった。ふらふらした足取りで玄関へ下りると扉を開く。じりじりしながらその様子を見つめている僕の目に、信じられない光景が映った。

カヤが開いた扉の向こうに、兵頭理央が立っていた。

カヤが去った後、電燈に照らされた廊下は、そこだけ四角く切り取ったように白く浮き上がっていた。その中に理央がいる。逆光になって表情ははっきりわからないけれど、相当困惑しているのは気配でわかった。

「秋葉…ごめんな、突然来て。あの…」

理央の声に春桜が反応した。頭を掻き毟りたい衝動に襲われて息苦しくなった。

「秋葉くん、誰かが…」

春桜の困惑を労れる言葉が浮かんでこない。どこから手をつけていいのか僕が混乱しているうちに、春桜の方が落ち着きを取り戻していった。

「秋葉くん、行って」

「でも…」

「大阪の方でしょ」

理央のイントネーションで気づいたようだ。静かに離れると、僕の胸を押した。

「待たせたら悪いわ」

子供のように泣いていた顔が、すっかりいつもの鷹揚《おうよう》とした笑顔に戻っている。

僕はもう一度春桜を胸に引き寄せて「後で説明する」と耳元で呟いてから立ち上がった。

玄関に出て行った僕を見て、理央はぎょっとした顔をした。

「秋葉、どうしたんその顔！」

「とりあえず外に行こう」

「ちょっと待ってよ！　何があったん！　さっきの人にやられたん？」

「いいから出て」

騒ぎ出す理央を押し出すと、僕らはアパートの前の歩道に出た。理央は膨らんだショルダーバッグを掛けていた。

「どうした、突然来て」

「秋葉がメールも電話も無視するからやろ！」

「ごめん……」

「おばさんからの手紙も無視し続けとるんやろ。おばさんからの手紙の中には夏芽ちゃんからの手紙も入ってるんやで！」

理央がヒステリックに叫んだ。

「それに何なん、今の女の人。まさか秋葉、彼女ができたから大阪帰って来《こ》うへんの？」

「半分はそうや」

「何やそれっ」

理央が僕の胸を叩いてくる。一発では収まらないのか何発も叩いてきた。理央の細い肩が細かく震えているのがわかった。

「ずっと待ってたのにっ」

理央は吐露してから慌てて顔を上げた。

「私やない、夏芽ちゃんや」と訂正した。

けれど今更言われなくても理央の想いは知っている。僕の家庭環境を憂いているうちに、それが違う形に変化していった過程をずっと傍らにいて見てきたのだ。理央は隠している気でいるが、年々女らしくなる顔は雄弁だった。

「理央、ひとりか」

「そうか」

「大学のオープンキャンパスに来たんや。友達も一緒」

泊めてくれとは言われないなと安堵している気持ちが伝わって、理央は擦り剝けた僕の頰を思い切り抓《つね》ってきた。

「やめろっ！　痛いっ」

「夏芽ちゃんはもっと痛い思いしとるんや、思い知れっ」

「どういうことや」

理央のカーブを描いた目に陰が落ちた。髪が伸びたせいか、知っているよりずっと大人びて見えた。

「夏芽ちゃんの誕生日に運動靴送ったやろ」

「ああ…」

「あれ、サイズ違うで」

射るような目で理央は僕を見上げた。

「一センチ、サイズが小さかったんや。それやのに夏芽ちゃんはあれからずっと履いてる。足の指が痛いはずやのに、ずっと履いてるんや。あんたからもらったからや。大好きなお兄ちゃんからの誕生日プレゼントやから！」

僕は愕然とした。

見たこともないのに、あのピンクの靴を履いた夏芽が見える。痛くても決して痛いと言わない夏芽の純真な笑顔が目の前に浮かんでくる。

「夏芽ちゃんはな、お兄ちゃんは一生懸命宇宙の勉強をしとるから、帰って来うへんのやって我慢しとるんや」

それを彼女って何、と理央は咎めるように呟いた。

反応を見せない僕に業を煮やした様子で、理央はショルダーバッグの中から何かを取り出した。

寒々しい街灯の下に現れたのは秋に似合わない赤いチューリップだった。

「もうすぐ秋葉の誕生日だからって、預かってきた」

藤井カヤの十倍の力で頬を張られたような衝撃を、その一輪の花は持っていた。理央が胸に押しつけてくるので、恐る恐る受け取った。触れた途端、麻酔を打たれた動物のように動けなくなった。

　立体的に折られたチューリップには茎や葉もついて、ご丁寧に赤いリボンが結ばれていた。チューリップの折り方を教えたのは僕だ。夏芽は、絵は得意だったけれど折り紙はいつも途中で挫折してしまっていた。

　それが茎と葉をつけられるほど根気強くなったのか。僕が知っているより足も成長している。夏芽はどんどん大きくなっていく。そうしたら、僕と血が半分繋がっていないことをますます明確に理解するだろう。

「秋葉、冬休みには帰る？」

　理央が不安そうな声を出す。僕は素直に頷けない。夏芽に会わなければと思う僕と、会いたくない僕が、一枚の壁を両側からぐいぐい押し合っているようだった。煮え切らない僕に、理央は悲しそうに俯いた。

「そんなに大阪がいや？」

「そうやない…」

「じゃあ、彼女と離れるのがいや？」

　稚拙なことを言いだす理央に返事をしなかった。春桜と夏芽を会わせたらどうなるだろうと想像した。けれどそれは同時に父や母が絡んでくることになる。僕はやっとの思いで手に入れた東京という安息の地に彼らの侵入を許したくはなかった。家族の誰にも会いたくない、そう思った瞬間、理央の表情が一変した。

「秋葉はいつまで〝お父ちゃん〟にこだわってんのっ」

理央は僕の父と母を、おじさん、おばさん、と呼んでいる。会ったことはないけれど、幼い頃から僕が話してきた人のことは、僕を真似て『お父ちゃん』と呼ぶ。

「お父ちゃんがおらへんなったんは自分のせいやって、いつまで責めてたら気が済むの！」

理央はいきりたって喚いた。

「いつまで子供の頃のことを悔やんだら立ち直れるのっ」

そう、あの頃僕はまだ子供だった。

8

学校という狭い世界の、クラスという更に狭い枠組みだけが、僕の手が及ぶ世界だった。

うちの工場の経営は、台座にのせられたやじろべえのようによろよろとしていたけれど、近所にある他業種の町工場もみんな同じようなものだから、目立って酷いわけではなかった。

そんな時、アメリカからスペースシャトルの事故のニュースが飛び込んできた。帰還するシャトルが大気圏内で爆発したといういたましい事故だった。事故の原因は機械系統の故障であって、数百万にも及ぶ部品の中のうちの工場のボルトが槍玉に挙げられることなど世界的にはなかった。

けれど間の悪いことにその事故の辺りから経営が大幅に傾き始めた。それは多分、世界規模の自動車会社の倒産が引き起こした世界的な大不況の煽りだった。父は経営資金の調達や仕事の受注のために毎日駆けずり回っていた。

「筒井さんとこは危ない」という噂はあっという間に広がり、それが最下層の僕たちのもとへ降りてきた時には、「筒井さんとこがスペースシャトルを落とした」という話になっていた。

クラスの連中は僕に、欠陥品のボルトを作った犯罪者の息子というレッテルを貼った。シャトルが打ち上げられた時には、あのシャトルを作った大物の息子だったのに、子供の手のひら返しには容赦がなかった。

僕は徹底的に理不尽ないじめにあった。落書きされた教科書を見ては宇宙が遠のき、無くなった体操着を探しては父を憎んだ。惨めさは敵を仕立て上げる。僕の精神は完全に病んでいた。

それからしばらくした夜、うまそうな顔をしてビールを飲む父を見た。ようやく仕事の目途が付いたと母と喜び合いながら食卓を囲んでいた。

僕はその日、図画工作の時間に作った紙粘土の作品をいじめっ子たちに壊されて絶望の底に落ちていた。けれど絶望の根底には「好きな形のオブジェを作りましょう」と言われたのに、スペースシャトルや星の形ではなく、犬というほとんど興味のないモチーフしか選べなかったことがあった。

本当はスペースシャトルの形がよかった。けれど今の僕がそれを作ってはならないのだ。僕は宇宙の話も星の話もできなくなっていた。それはもうほとんどのアイデンティティを毟り取られているに等しかった。

スペースシャトルの部品に自分が作ったボルトが選ばれてから、父は僕にありとあらゆる宇宙の話をしてくれた。望遠鏡を買ってくれた。天の川を見に山へ連れて行ってくれた。

ペットボトルでロケットを作って飛ばした。星座の名前をたくさん覚えると、父はとても褒めてくれた。

そんな僕の口から宇宙の話が出なくなったことにも気づかずに、父は酒なんて飲んで朗らかな顔をしていた。父も母も僕がいじめにあっていることなど、微塵も気づいていなかった。

「お父ちゃんはボルト作ったらあかん！」

僕は振り絞るようにして叫んだ。

「お父ちゃんのボルトでたくさんの人が死んだんや！　お父ちゃんは犯罪者や！　人を殺すボルトなんか作ったらあかんっ」

「おばさんは一度やって秋葉を責めたことなんてないんやろ」

「腹の中では何考えとるかわからへん」

「再婚やってそんなにいややったんやったら、遠慮せんと言うたらこんなに後引かんかったのに」

「夏芽ができてたんや。母さんは確信犯なんや」

「なんで親のこと、そんなふうに言うんっ」

あんな子供の一言で工場が潰れたわけではない。結局その後の受注が続かなかったのだ。父はそれから飲んだくれるようになり、鬱憤を晴らすように母を殴るようになった。工場を再生するためにがむしゃらに駆けずり回ることは二度となかった。

僕は父から、意欲とか希望とか上昇志向とかを奪ったに過ぎなかった。けれどそれは父のアイデンティティだったに違いなかった。

「秋葉は嫌いなん？　おばさんも、おじさんも、夏芽ちゃんも」

「別に」

「鬱陶しいって顔に書いてあるっ」

理央に図星を突かれて体に力が入った僕は、思わず手の中のチューリップの折り紙を握り潰してしまった。

「秋葉、ひどい」

「…もう、帰れ、おまえ」

「そんなに彼女がええの？」

「…」

「まだ一年もいないのに、そんなに好きになったん？」

話の方向が変わっていることに理央は気づいていない。けれど理央が泣いているのは僕の心が手の届かない場所にあると知ってしまったからだ。

打ちひしがれている幼馴染が可哀相になってきて、そっと手を伸ばした。その時だ。

「秋葉くん、よかったら入っていただいたら」

アパートの中から春桜がぴょこんと表へ出てきた。反射的に、伸ばしかけた手を引っ込めて後ろへ隠した。

「お茶、淹《い》れたから」

にっこり微笑んだ春桜を見て理央は目を見張った。先ほどは部屋の中が暗かったからシルエットしかわからなかったのだろう。

「なんで、〝ハルちゃん〟がおるん…」

理央は呆然と呟いた。傍らで僕は理央もファッション雑誌を読む年頃なのだなと、趣旨がずれたことで感心していた。

「こんばんは」

春桜がぺこんと頭を下げた。理央は条件反射のように頭を下げ返す。

「あの、ここじゃ寒いから、よかったら中に入りませんか」

「牧村、春桜さん、ですよね？」

「はい」

「どうして秋葉」

それは、どうして秋葉なんかと、という意味と、どうしてなの秋葉、という意味を伴っているのだろう。

「付き合ってる」

公式も計算も割愛して答えだけを書き込むように言った。

理央の顔にみるみる悲しみが広がっていく。

「あの、秋葉くん、」

「私！　失礼します」

理央は春桜を制するとくるりと背中を向けた。

「ちょっと待って。ひとりじゃ危ないわよ」

「さよなら、秋葉」

「…」

「私、大阪の大学に行くっ」

理央はそう言うと駅の方へ走り出した。それが理央なりの精一杯の決別の言葉なのだろう。

「秋葉くん、追いかけて」

「いや、ええよ」

「だめ。ちゃんと送ってあげて」

春桜が僕の背中を押す。

「慣れない場所で迷ったらどれだけ不安か、秋葉くんならわかるでしょ」

僕を行かせるために春桜は冗談ぽく言った。

「帰ってきたら傷の手当てをして、ごはん、食べよう」

「ああ…」

「それから、さっきの続きを聞かせてくれたらうれしい」

付き合おうと告げたこともないくせに『付き合ってる』と理央に言い切ってしまったことを思い出した。

「じゃあ、ちょっと行ってくるわ」

春桜は笑顔で見送ってくれた。

僕は握り潰したままの折り紙をジーンズのポケットにねじ込んで、理央が行った方へ走り出した。

けれど結局理央は見つからなかった。駅でしばらく待ってみたけれど会えなかった。携帯電話がないので連絡の取りようがない。心配になって辺りを探したけれど、見つからなかった。

そういえば理央は小学生の頃も中学生の頃も、運動会のリレーではいつもクラス代表に選ばれていたから、ただ追いつけなかっただけだと思った。

「ただいま」

部屋へ戻ると春桜が荷造りをしていた。あんなことを請求したくせに出ていくのかと面喰らっていると「明日から北海道だから」と笑う。そうだった。春桜は雑誌の特集か何かで北海道へ行くことになっていた。

なんだかいろいろなことに対して一気に力が抜けてしまい座り込んだ僕に、春桜がお茶を淹れてくれた。

「さっきの子、会えた?」

「会えんかった。足の速い子だから」

「そう……」

『……』の中に春桜なりの質問が詰まっている気配がして、僕は姿勢を正した。

「あれは、理央っていって幼馴染。家が近所で小学生の頃からの友達やから」

「ふうん」

「ほんまに友達。妹みたいなもん」

「それは女の子に一番言わない方がいいセリフだと思うけど」

春桜は言いながら水を汲んできて、自分のコットンを浸すと僕の頬の傷口にちょんちょんと触れる。

「友達が？」

「いもうと。好きな人から言われたくない言葉だと思うな」

僕の肩が跳ねたのは、春桜が消毒薬を湿らせたコットンを当ててきたからではない。

「すごい。鋭い」

「わかるわよ。好きな人のことは特に」

またびくりとする僕の傷口に春桜がふーっと息を吹きかけるので、ますます全身から力が抜けていく。

その後、僕たちは彼女が作った夕食を食べて、別々に風呂に入って、明日の支度を済ませて別々の床に就いた。

春桜が来てからずっとそうであるように今夜も同じ、春桜がパイプベッドに寝て、僕はテーブルを上げて空けたスペースに布団を敷いて寝る。明かりを消すと途端に賑やかになる銀河の天井を見つめた。春桜はあのことについて何も聞かなかった。僕もタイミングを逃して言い出せなかった。

僕が理央に言った『付き合ってる』は天井に貼った星型のシールの光のように、ルーティンの時間の中に攪拌《かくはん》されて消えてしまった。

「秋葉くん」

突然闇の中から呼ばれてびっくりする。春桜は横になったままこちらを見ていた。

「え？」

「そっちにいってもいい？」

「何もしないから」

それは普通こちらの台詞だと思いながら春桜を見上げる。表情はわからないけれど、彼女が無邪気にそれを口にしている気配でないことはわかった。僕は意を決して掛け布団を少しはいだ。

「ええよ」

僕たちの間に緊張と喜びが交差した。春桜はするすると布団の中に入って来ると、肩に額をくっつけた。

「あのね、お願いがあるの」
「なに」
結婚してだったらどうしようかと思った。出会った頃のように、僕には断る理由がない。けれど春桜はあの頃よりもっと深刻な声で言った。
「手紙を書いてほしいの。私も書くから」

春桜が北海道へ発ってから二日して届いた手紙は笑ってしまうくらい分厚かった。薄紫色の便箋を選んだのはりんどうの花言葉を知ったからだと書いてあった。パソコンで検索すると一番に出てきたのは『勝利を確信する』という言葉だった。自分の愛情を余すところなく綴った後でそれを言い切った春桜からは、〝美人の超絶前向き思考〟とは違う強さがあった。気弱で何ひとつ言葉にしない僕が、理央に向けて告げた『付き合ってる』が春桜にとってやっと得られた確信だったのだ。

用意していた便箋を前に一晩中頭をひねった。雑巾を絞るように脳を締め上げて言葉を絞り出そうとした。今まで読んだ小説の文章を引用しようと思ったけれど、心の鋳型《いがた》にぴったりと当てはまるような愛の言葉はひとつもなかった。

書棚を上から下までひっかきまわしたあげくに朝が来てしまった。今日中に出さなくては春桜が東京に戻ってきてしまう。メールだったら一瞬で届く距離を、人の手を借りて運ばれる手紙のシステムが歯痒い。

便箋を慎重に折って、封筒に入れる。

春桜はわかってくれるだろうか、僕の言葉を。

絶対にすれ違いにならないように速達で送った。

翌日の夜、春桜から電話がかかってきた。

「秋葉くん、これ、どういうこと」

春桜はほとんど泣いていた。どんなに思慮深い人間だとしても、人と人との間には言葉というコミュニケーションツールが必要不可欠なのだと改めて思い知らされた。

「違うねん」

僕は情けない自分に降参した。

春桜はしゃくりあげながら僕の言葉を待っていた。春桜はいつだって僕を受け止めてくれる準備ができているのだ。パズルのピースを当てはめるように、そこに言葉を入れればいい。それはどんな言葉でもきっといいはずだ。彼女はどんな形でも当てはまるようにしてくれているのだから。

「白紙で出したのは、書き切れなかったから」

信仰心など大して持っていないくせに、神様、と祈りを込めて、呟いた。

「春桜への想いを書こうとしたら便箋の枚数が全然足りんくて」

物語の中でしか知らなかった『ハレルヤ』が空から光の粉になって降り注いでくるようだった。脳のシナプスがショートせんばかりに火花を散らして、離れたりくっついたりしている。僕は力が抜けてその場に膝をついた。電話口の向こう側にいる春桜も力が抜けたような声で「ありがとう」と泣いた。

東京へ戻ってきた春桜と、その夜結ばれたことは言うまでもない。

僕は浮かれていた。はっきりいって浮かれまくっていた。恋愛にどっぷりつかっているー毎日がしあわせで仕方なかった。しあわせという心地よさは誰かと分かち合ってこそ成立するのだと生まれて初めて知った。

白んでくる空をカーテンの隙間から見上げながら僕は春桜の柔らかな髪を撫でた。腕の中で携帯電話をいじりながら春桜は喉仏を撫でられる猫のように目を細めた。

恍惚とした朝は熱情に浮かされた夜を越えてしかやってこない。

「秋葉くん、見て。りんどうの花言葉」

「勝利への確信やろ?」

「まだあったの。『悲しんでいるあなたを愛する』」

「悲しんでなかったら愛してくれへんの?」

腕の中で春桜は身を回転させてうつぶせになる。顔を近づけると春桜は唇で受け止めてくれる。締まりのない心地に全身が侵された。

彼女は、まだ明け切らない夜の終点で呟いた。

「あなたの悲しみに愛をもってよりそう。りんどうの花言葉、こっちの方が素敵だと思わない？」

「あなたの悲しみに愛をもってよりそう」

それは先ほどよりも歯触りがいい言葉だった。

「それはつまり、どんな時も愛するってことやろか」

「そうやろ」

おどけて言った春桜を布団ごと抱きしめた。

「そろそろ、こたつ布団買いに行こうか」

「とうとう来た、こたつ！」

「みかんも一緒に買おう」

「すてきっ」

浮かれていたのは春桜も同じだったのかもしれない。僕たちはふたりだけで世界を成立させすぎていた。すべてがうまくいっていると思い込んでいた。

9

僕の誕生日、春桜は朝からものすごく張り切っていた。大学を休んでごちそうを作ると言うので、それは丁寧に断った。

「リィは何時に来るって？」

「三時。駅にジンくんが迎えに来てくれるって言ってたわ」

「あのふたりがどうなってるか知ってる？」

「まだ付き合ってないみたいだけど、いずれはそうなるんじゃないかな。そういう話、ジンくんとしないの？」

「本気になると言えんくなるタイプみたい」

僕たちは顔を見合わせて笑った。そこで正門を抜けたので、春桜は文学部の校舎の方へと進む。春桜は途中で誰かを見つけると、小走りに駆け寄っていった。植え込みの陰から出てきたのは藤井カヤだ。

春桜ごしに僕らは目を合わせた。カヤからは殺気も嫉妬も感じられない。春桜と並ぶとそのまま背を向けて歩いていった。女同士はよくわからない。サークルの連中とのいざこざがあった日、春桜は確かにカヤを拒んでいた。けれどいつの間にか、ふたりは元通りに戻っていた。

カヤの気持ちを知ってしまった以上、僕としてはやるせないものがあるものの、カヤが傍にいる限り春桜の安全は保障されるのだ。カヤが僕をいないものとして扱うように、僕は彼女を春桜のＳＰとして位置付けることに決めた。

今の生活があればそれでよかった。春桜と一緒にいられればそれでいい。


ジンは講義が終わるとリィを迎えに行くために教室を飛び出していった。僕は大学構内にある図書館に本を返却しに寄った。隣に区立図書館を併設しているのに、構内の図書館も充実していた。しばらく専門書の書棚を回ってから、文学の並びへ出た。そこにあった宮沢賢治の《銀河鉄道の夜》に手を伸ばした。

その場でぱらぱらとめくっているうちに、思考は物語の中へ落ちていく。幼い頃、初めて理央の家で読んだ時は旅の話だと思った。二度目は星座の物語。登場する星々と星座早見盤を見合わせて繰り返し読んだ。中学生の頃、物語の中に出てくる〝ほんとうの幸〟という言葉の響きが胸に魚の小骨のように刺さって抜けなくなった。

高校生の頃、僕が抱えている悲しみも苦しみも〝ほんとうの幸〟へ通じているのか怖くなった。読むたびにいつも違う表情を見せてくれるこの話が好きだ。

そして今は物語のどこを切っても春桜を想う。りんどうの花もアルビレオの二重星も、ノーザンクロスからサザンクロスまでの旅路の中に彼女がいる。

結局その場で読み終えてしまうと小さく息をついて本を閉じた。紙とインクの匂いの残り香を鼻先に感じながら、本を書棚に戻す。

「羽田」

注意を与えるような声で呼ばれたので驚いて振り返ると、そこに藤井カヤが立っていた。僕は反射的に鞄を抱きかかえてボディを防御した。ゴングはいつだって予告なく鳴るのだ。

「誕生日だってな」

ものすごく意外な言葉が出てきて、返答に詰まった。たじろぐ僕を見てカヤは鼻で笑った。

「プレゼント」

マジシャンがくるりとひねって広げた手のひらから花や鳩やコインを出すような仕草で、カヤはラッピングされた手のひらサイズの長方形の箱を僕の目の前に出した。ご丁寧にリボンが巻かれている。

受け取った途端爆発するのではないだろうかと不審がっていると、カヤは小さく笑った。憑き物が落ちたような、さくっと軽い笑みだった。

僕は怖々とその箱を受け取った。何も入っていないような軽さだったので、爆弾ではないだろう。

「じゃあな」

くるりと踵を返すと背中を見せる。僕は慌てて礼を述べた。カヤは軽く手を振ると、その手を革のジャケットのポケットに突っ込んで図書館を出ていった。

警戒警報解除となって安堵していると今度は鞄の中の携帯電話が震え出した。

『いまどこ』ジンからのメールだった。


ジンは女性陣に邪魔者扱いをされて不貞腐れて構内へ戻ってきた。

生協や学食が入っている校舎の前はオープンカフェのようにテーブルや椅子が外に並べられている。昼時はごった返しているので近づかないけれど、この時間になればほとんど人もいないので、僕とジンはそこで落ち合った。

「俺だって料理得意なんだけど」

「うちの台所は三人立てるほど広くないねん」

口を尖らせるジンを諫めながら、心はまだざわざわと波立っている。

「なんかあった？」

相変わらず鋭いやつ。

鞄の中からリボンのついた箱を出して見せた。

「なに、誰かからもらったわけ？　春桜さんがいながら？」

「藤井カヤから」

その名を聞いた途端、ジンの眉のあたりが曇った。

「爆弾？」

「軽いから大丈夫やと思うけど」

「虫の死骸でも詰められてんじゃないの」

僕たちはテーブルの上にちょこんと座った箱を睨みつけるように見つめた。

「開けてみれば」

ジンが言った。

「おまえが開けて」

「やだよ。死にたくない」

ジンは七割本気で首を横に振った。

僕たちは呼吸を合わせるように目を合わせて、よしっと覚悟を決めた。僕がリボンを解くのを、ジンは三割の緊張と七割の好奇で見つめている。僕はまだ若干緊張の方が上回っていた。

包み紙を開くと、水色のパッケージが顔をのぞかせた。《極薄》の文字が見えた途端、その正体が何なのか瞬時に理解した。脱がせた包みをもう一度被せた。

僕とジンとの間に、後味の悪い空気が流れた。

「笑えないんだけど」

僕はうなだれるように頷いた。こんな極寒ギャグを見せられたのは初めてだ。

「避妊しろよってこと？」

「気持ち悪い」

「他にどういう意味があるんだよ」

「あの女が考えとることなんて僕にわかるわけないやろ」

誕生日にコンドームを贈る人間の考えることなんて誰もわからない。

「ジン、これやるよ」

「いらねえよ」

テーブルの上をコンドームの箱が行ったり来たりする。

僕は心底げんなりしていた。反射的とはいえ、こんなものに対して礼など述べてしまった。今頃カヤは馬鹿な男だと鼻で笑っているに違いない。

「しょうがねえな」

ジンは解けたリボンごと箱を取り上げて、自分の鞄へ突っ込んだ。

「俺が処分しといてやるよ」

「すまん…」

「ったく、おまえも苦労が絶えないね」

ジンはいろいろ思い出したように肩を竦めた。

「でも最初に春桜さんと秋葉を引き合わせたのは俺だもんな」

「あー、新歓コンパか。えらい昔のことに思えるわ」

「感謝してる？　それとも恨んでる？」

ジンは僕を覗き込むように見た。あの時、ジンが春桜のいるテーブルに飛び込んで行って『牧村先輩は春の桜じゃないですか。こいつは秋の葉』と言わなかったら僕と春桜はそもそも何も始まっていなかった。僕にとって春桜は架空の世界の人間に近かったに違いない。

桐原麗奈ちゃんに片想いをして、SF小説を読みながら宇宙に想いを馳せて、落ち込むとプラネタリウムへ行く。それは容易に想像ができる平常な日常だった。きっとそこから多少軌道が逸れたとしても、大幅に何かが変わることはないだろう。そういう生活に対して異議はない。

けれど今は違う。〝平常な日常〟はもう粉々に砕かれて、全く違う色で全く違う材質で全く違う形で日常を構築してしまった。牧村春桜という彩りを加えて。

「感謝しとるに決まってるやろ」

誰かに殴られたり恨まれたりしても、あらかじめインプットした軌道通りに進んでいく人生より、今の方がいいに決まっている。

十九の誕生日は、僕が生まれたことを他人が喜んでくれた不思議な一日だった。春桜とリィが作ってくれた料理はおいしかったし、ジンの話でげらげら笑った。ジンとリィの関係がなんとなく進展しているのがわかって面映ゆい感じがした。

春桜が笑うと心からしあわせな気持ちになった。春桜はテーブルの四つの面が埋められているのをうっとりと眺めていた。きっとこういうことが彼女のしあわせなのだ。春桜のテーブルはいつも埋まっていなかったのだろう。母親は幼くして亡くしてしまったし、姉は結婚してさっさと出ていった。席を立つように彼女の前からはひとりひとりいなくなって、最後に父親が亡くなった時、彼女は三つの空席を眺めながら何を思ったのだろう。

翌日、僕たちは冬物のコートを取りに彼女のマンションへ連れだって向かった。全く戻っていないわけではないけれど、人がしっかりと根をおろしていない部屋は家具が揃っていても生活感が希薄な感じがした。

春桜は白と黒の二着のコートと厚手のセーターをクローゼットから出して紙袋に詰めた。

「それだけでええの？」

「うん。お気に入りだけ」

　僕の部屋にある春桜の荷物は生活に必要な最低限のものしかない。

「うちが狭いからしょうがないけどな」

「そうじゃないわ。本当に必要なものだけがあればいいの」

　僕は春桜の部屋を見渡した。水浸しになってしまったものを廃棄した後、この部屋に物が増えた様子がない。

「君の物欲はどこ行ったん？」

「物欲？　さあ。人並みにあると思うけど」

「初めて来た時のここは人並みには見えへんかったけど」

　春桜はあの無秩序な部屋を思い出したように笑った。

「秋葉くんの部屋に行ってから、私ね、断れるようになったの」

　春桜はクローゼットの下からブーツの箱を出しながら言った。

「人から勧められても、いらないって思ったらいらないって言えるの。みんなが持っているものでも流行りのものでも、必要ないものは買わなくなった。以前は何がいらなくて、何が欲しいのかもよくわからなくて、手当たり次第全部持っておかないと不安だったけど、秋葉くんと一緒に暮らすようになってから、自分にとって何が必要なのかそうじゃないのか判別できるようになったの。秋葉くんが無駄なものを持たない人だから影響されたのかな」

「不安はもうないん？」

「ないわ。だって、一番欲しいものはいつも傍にいてくれるじゃない」

どんな顔をしていいのかわからなくて、僕は視線を逸らした。

秋風がベランダから入り込んでくる。クッションを抱え込んで丸まると、全身が透明になって行く心地がした。

この部屋で春桜は孤独だったのだろうか。あんなに周囲からちやほやされて、祭り上げられて、羨望を浴びていても、この部屋の明かりを点けるのは、いつも彼女の指だ。

春桜にはここしかない。二十一歳の女性が『ただいま』も『おかえり』も言える場所をどこにも持たない生き方は、どれほど不安なものなのか、想像もつかない。

春桜自体がブラックホールだったと思っていたけれど、そうではなかった。春桜はブラックホールに飲み込まれていた側だったのだ。

僕の肩を春桜が叩く。顔を上げると、ジュースが入ったコップを渡された。泣きそうになっている僕を励ますように、彼女は優しく微笑んだ。

「なんかもったいないな」

「なあに？」

僕はクッションを抱きかかえながら、部屋を見渡した。

「ほとんど僕の部屋にいるのにここの家賃払ってんの」

「そう言われればそうね」

「どこか引っ越そうか」

春桜の顔に期待と戸惑いが混ざる。

「ふたりで」

春桜の顔がぱっと輝いた。

「本当に？」

「もう少し広いところやったらここの荷物も全部入るやろ」

「うれしい」

「悪いけど家賃は折半やで」

「もちろんよ」

春桜は僕に飛びついてはしゃいだ。僕は上手にはしゃげる技術がないので、それを受け止めてやることしかできないけれど、充分心は華やいでいた。

それから雪崩《なだ》れ込むようにベッドの上で抱き合った。最初の頃はぎこちなかったすべてが、回数を重ねるごとに滑らかになったと思う。春桜は夏の終わり頃からスカートをほとんどはかなくなっていた。できればそちらの方が脱がしやすいのだけど、元々の彼女はひらひらした服装よりカジュアルなものが好きなのだ。

僕の気持ちが桐原麗奈ちゃんから完全に切り離されたことを理解していくと、服装も徐々にシフトしていった。最初はてこずったジーンズも今ではするりと脱がせることができるようになった。

すっかり裸になって、最後の交わりの段階にきて僕は、ここが自分の部屋でなかったことに気づいた。

急に動きを止めた僕に、下にいる春桜はもどかしそうな顔をしたけれど、すぐに理由に気づいて床の上の自分の鞄を指差した。

「私、持ってるよ」

言われた通り春桜の鞄の中に入っていたポーチの中にコンドームが箱ごと入っていた。部屋にあるものが少なくなっていたから買っておいたのだろうか。春桜が自分からコンドームを買ってくるなんて初めてだなと思った。彼女にとっても僕との行為は生活の一部になっているということか。

それがうれしくて、僕らは朝まで抱き合い続けた。一度頂点に達した欲情は春桜の絶頂を見届けた途端、またふりだしへ戻る。その繰り返しだ。

装着しようとしたコンドームが破けてしまうハプニングが二回あり、僕らは顔を合わせて笑ったりした。何度目かで、挿入していたものを引き抜くと、コンドームの外側にべったりと精液がついていたのには驚いた。中で破けてしまったらしくて焦ったけれど、春桜は「大丈夫よ」と深刻に受け止めなかった。

ハプニングさえ笑ってしまえる余裕のある自分たちがまたうれしくて、僕は何度も春桜の腰をついた。春桜が僕にしがみついて上げる絶頂の声に恍惚とした。

飲まず食わずでやりまくった後は風呂に入るのも億劫なくらい疲れて眠ってしまい、起きると夕方になっていた。

春桜の部屋の近くにあるファミリーレストランに入って注文を済ませると、我慢できないといったふうに春桜が小さな欠伸をした。

「大丈夫？」

「あ、ごめんなさい」

「いや、体とか」

後ろで小さな子供が叫声《きょうせい》を上げている場所でするには生々しい話なので口ごもると、春桜は小さく笑った。

「大丈夫よ、若いもの」

胸の前で小さく拳を作って声を弾ませる。

笑い返そうとしてあることに思い当たった。

「こういうことして心臓に影響とかないん？」

「秋葉くんが原因で発病したらどうしよう」

「おい」

「平気よ。今年の春の検診でもなんともなかったんだから。大きな起因があればわからないとはお医者さんから言われているけど」

「起因って、例えば何」

「冬月姉さんの時は出産が危険だって言われていたけど、結局ふたりとも無事に産めたわ。だから私も大丈夫よ」

何もなければいい。春桜も冬月のように結婚して出産して、女性としてのしあわせのようなものを掴んでほしい。そう思って、その相手が自分である未来を強く願った。

「なあに？　なんだかやらしい顔してる」

春桜がころころと笑った。

何もなければいい。ずっとずっと、こうやって僕の傍で彼女が笑っている今日があって、明日を越えて、季節を巡って、生活を重ねていければいい。

「僕、がんばるわ」

「何を？」

「勉強」

春桜は首をかしげた。けれど僕は決心できたことが満足だった。

春桜があの新歓コンパで僕に言った台詞を、いつか僕は春桜に言うだろう。その時彼女はどんな顔をするだろうと想像すると、照れくさいよりもおかしかった。あの時はまさか、春桜と結婚したい気持ちに自分がなるなんて、思いもしなかったのだから。

「秋葉くん、何がおかしいの？」

「別に」

「時代劇の悪代官みたいよ」

お手拭きを投げつけてやると、彼女は楽しそうに声を上げて笑った。

第5章　半分色の違う血

1

冬が来た。

僕は冬休みも家へは帰らないと決めた。けれど夏休みのように勝手に帰省をサボタージュしたわけではない。母に手紙を書いた。夏芽《なつめ》には一・五センチ大きな靴を送った。

春桜《はるか》は年末年始も仕事があった。《シュクル》主催のイベントごとが続いて、いつもより多忙だった。モデルは写真を撮られて雑誌に載ることだけが仕事だと思っていたけれど、人前に出ていくようなものもたくさんあった。

電話が鳴ったのは十二月三十日の真夜中だった。

最初はアラームが鳴っているのだと思った。着信を予期できないほど深い眠りに落ちている時間だった。

「はい……」

隣で寝ていた春桜が起きた気配がした。

真っ暗な部屋で僕の耳元だけが仄かに白んでいた。

「羽田秋葉《はねだあきは》さんの携帯電話ですか」

向こう側から突然銃口をこめかみに突きつけられ、構える準備もなく銃弾は発射された。

父と母が死んだ。

夏芽は重体で病院へ運ばれたので至急京都まで来るようにという警察からの連絡だった。


動揺して全く動けない僕の代わりに、春桜がジンに電話をかけた。事情を話すとジンはすぐに車を出してくれた。僕のアパートへ着くと、助手席からリィが降りてきた。

「秋葉、乗って」

「あ、うん…」

「しっかりしろよっ」

リィに頭をひっぱたかれて、少しだけ夢から覚めた。着替えも支度も春桜が全部整えてくれてあった。

「やっぱり私も一緒に行く」

後部座席のドアに手をかけた春桜を僕は制した。

「仕事があるやろ」

「だけど」

「事情がわかったら、連絡するから」

「絶対よ。すぐに行くわ」

縋るような春桜を宥《なだ》めて僕は助手席に乗り込んだ。カーナビに警察から聞いた病院を打ち込むと、事態に反して落ちつき払った音声が目的地までのルートガイドを開始した。

春桜とリィを残して、僕とジンは京都へ向かった。どうして京都なのだろう。高速道路に等間隔に設置されている橙色の明かりを見上げながらぼんやりと思った。


京都長岡京の病院へ着くと、そこには理央と兵頭のおじさんも来ていた。理央の父は《ジャックと豆の木》に出てくる巨人のような巨漢だ。けれど久しぶりに見たおじさんは薄暗い待合室の長椅子に小さくなって座っていた。

「秋葉！　おじさんとおばさんが！」

駆け寄ってきた理央は僕に届く前にわんわん泣き出して、スケートリンクのように冷えたリノリウムの床の上にへたり込んでしまった。

僕は警察と医師から説明を受けた。

父と母と夏芽が乗った車は午後十時過ぎに名神高速道路で単独事故を起こした。父の居眠り運転が原因と思われた。スピードの出しすぎか、ハンドルの操作ミスか、どちらにしても車の前方が原形を留めなくなるほどの勢いで防音壁に激突した。

父と母は即死。後部座席の夏芽はシートベルトをしていなかったのか、車外に放りだされ全身を強く打った。肺からの出血がひどく、くわえて腰椎の骨折もしているために手術中だった。

どんどん意識が遠のいていく僕を、ジンが隣で支えてくれた。

夏芽の手術を終えた医師が別室に僕を呼んだ。肺に溜まっていた血を抜いたのと、転位してしまった腰椎を戻す一連の手技は滞りなく行われたと医師は簡潔に説明する。

医学用語を乱発されているわけでもないのに、白衣を着た男が発する言葉をほとんど理解できなかった。小さな夏芽と事態の大きさが釣り合わないのだ。不穏な空気をパンパンに詰めたビニール袋を頭の上からすっぽり被せられたように、息が苦しくなっていく。

容体が落ちつき次第ＣＴやＭＲＩ検査をするけれど、重度の脊髄《せきずい》損傷を起こしている恐れがあるので麻痺が残ることを覚悟しておくように、と医師は硬い声で言った。

覚悟？　なんのための。

ＩＣＵにいる夏芽との面会はできないというので、僕は両親のもとへ向かった。

その夜はとにかく長い夜だった。光が届かない洞窟の中をそろそろと歩いているような、星のない夜に動物の住まう森に足を踏み入れてしまったような、危うさがあった。

病院の地下にある遺体安置所は扉の前に立つと、生身の人間の立ち入りを目に見えない何かがいちいち点検しているような俯瞰《ふかん》の視線を感じた。さすがにジンは上の待合室へ置いてきた。

コンクリートで四方を固められている部屋は、霊魂の脱出を許さないためなのか窓がなく光源は蠟燭の炎の明かりくらいだった。線香の煙が充満している部屋を歩くと、こつこつと僕の足音がつけ足した効果音のように響き渡った。

「こちらです」

遺体に被せられていた布が剝がされる。

車の前方は大破したと聞いていたので少しだけ予想をしていたけれど、両親の顔はふたりともどこかが欠けて、どこかが潰れて、どこかが崩れていて、知っているふたりとは雰囲気が違っていた。そもそも死んでいるのだから雰囲気などあるわけがないのだけど。

けれどまぎれもなくそれらは僕の両親だった。

「お母ちゃん」

試しに、子供の頃のように呼んでみる。

彼女は答えなかった。

僕の呼び掛けは永遠に着地点を失った。


しかし、泣いたり落ち込んだりしている時間はなかった。僕にとっては生涯でこれ以上ないほどに過酷な夜だとしても、周りの人間にとっては通過点でしかない夜なのだ。

両親の行政解剖が終わり、監察医が死体検案書を作成している間に、病院が手配した葬儀社と葬儀の打ち合わせをする。まずは遺体を実家に運ばなければならないということになった。急に事務的な作業に襲われて、超絶な夢と超絶な現実を行き来するために、脳と体のスイッチを何度も切り替えなければならなかった。

八ヶ月ぶりに戻った実家には親類が集まってきていた。彼らの手に葬儀の準備を委ねると、再び病院へ戻った。もう朝が来ていた。

「夏芽ちゃんの容体は変わらへんって。痛くて泣いとるから麻酔を打ったって」

理央は涙をぼろぼろこぼしながら話した。

僕は兵頭のおじさんに葬儀のお願いをした。

「父の親類は岡山の人間ばかりなので、町内のこととかようわからんと思うんです」

「ああ、段取りはおっちゃんがしたる。うちの嫁にも給仕を手伝わせるさかい、安心しい」

「父の携帯と母のアドレス帳は持ってきたので、ここからいろいろ連絡を取りますから」

「理央を残そうか？」

僕は理央の方を見た。あんな別れ方からこんな再会を果たしてしまって、彼女の中にはさまざまな感情が入り乱れていることだろう。けれど、夏芽のことを見ていてくれる人手が必要だった。

「たのむ」

短く言うと、彼女も短く頷いた。

僕は待合室の奥にいたジンを呼んで、ふたりに紹介した。ジンにはここに残ってもらい、父の会社の人に連絡を取ってもらうことにした。

「悪いな、ジン」

「いいよ。それより取りあえず春桜さんには連絡入れといた。秋葉からかけるには今は難しい状況だって言ったらわかってくれたよ。ちゃんと食べてねって言ってたぞ」

「うん」

「私、夏芽ちゃんの様子見てくるな。会えへんか聞いてくる」

「たのむわ」

僕たちが春桜を話題に上げたからか、理央は逃げるようにICUの方へ走っていった。

僕とジンは手分けをして早朝の大晦日の家庭へと訃報を伝えた。何度も繰り返し同じ話をしているうちにだんだんと両親の死が事務的な出来事となり、現実味が薄れていった。

すべての連絡を終えると、ジンに礼を述べた。

「ここからは僕ひとりで大丈夫や。親戚も集まるし。ほんまにありがとう」

「いいよ、いる。なんでも手伝うし」

「あかんて。おまえんとこは、正月には親戚やら役人らが集まって大変なんやろ。帰った方がええ」

「だけど秋葉ふらふらじゃねえか」

僕はしるしばかり笑った。

「ふらふらでも動いとった方がいい。今は何か考える隙を与えたくない」

母さんの声やお父さんの笑顔や、親不孝な自分や読まなかった手紙のことを考えたくない。今はまだ、感傷に浸るには早すぎる。

「ほんまにありがとう。しんどかったらまた呼び付けさせてもらうわ」

「…ベンツぶっ飛ばしてくるぜ」

ジンは少し砕けた言い方をした。彼らしい明るさに、僕は一瞬救われた。

ジンが帰ってしまうと、僕を取り囲む空間は周波数が切り替わるように関西モードになった。カチリとスイッチが切り替わると、世界が変わった。

春桜と過ごしたクリスマスなど、昔見た映画の中の出来事のように感覚を失っていった。

夏芽との面会の許可が下りたのは翌日だった。

大きすぎるベッドの両側を機械や点滴で囲まれた夏芽は、傷だらけだったけれど、両親のように顔は潰れたり欠けたりしていなかった。ただ、布団をかけていても、固定をされている腰の辺りは痛々しかった。

夏芽は麻酔を打たれているせいで意識が混濁《こんだく》していた。催眠術をかけられているように、目を開けたと思ってもすぐに瞼を閉ざしてしまう。

誰かの手に命を牛耳られている妹を、何時間もぼんやりと眺めていた。手を握ったり髪を撫でたりした途端、夏芽の命がその誰かに握り潰されてしまいそうで触れることができなかった。

夕方になると看護師に呼ばれた。夏芽の入院の事務手続きと、実家近くの病院への転院についてと、夏芽が身に着けていた衣類の返却だった。差し出される書類に機械的にサインをしていき、看護師の話のほとんどに肯定的な返事をし、それからビニールに入った夏芽の衣類をもらった。

ＩＣＵの前の廊下にある長椅子に座って、ビニール袋を開いた。もわっと溢れた蒸気の中から血の匂いがした。夏芽の小さなセーターはそれが白だったのかピンクだったのかわからないほど赤く染まっていた。汚れのついた黒いスカートは、なんとなくおろしたてのような気がした。

家族は年末年始を京都の旅館で過ごすために出掛けたのだと警察の人が教えてくれた。しかし父の仕事が長引いてしまい出発の時間が大幅に遅れてしまった。チェックインが遅れる旨を父は旅館へと連絡していた。「明日にしますか」と言った旅館側に対して父は、「娘においしい京都の朝ごはんを食べさせてやりたいので今夜中に向かいます」と言った。

警察の人の話はそこまでだ。

多忙を極めていた父を、母が心配していたと教えてくれたのは理央だ。クリスマスにシャンメリーを買いに来たのが最後だったと、理央は泣きじゃくった。

僕が帰省しないとわかって落ち込んだ夏芽を励ますために計画された旅行だったと、理央は責めるように言った。

最後にビニールから出てきたのは、ピンク色の運動靴だ。

まだ靴底の二十・五センチの表記がくっきりと残っている。年末年始は東京で過ごすと書いた手紙と一緒に送った靴だ。

主から離れた小さな靴が、重大な罪の手触りそのものだった。

まだ七歳の妹から、僕はありとあらゆるものを奪い去ってしまった。

寒々しい廊下に並んだ長椅子は、誰からも忘れ去られ朽ちた小舟が行き先不明で漂っているように、僕を孤独へ追いやった。しあわせに浸っていた自分を恥じた。けれど猛烈に春桜の顔が見たくてたまらなくなった。そんなこと、今の僕には許されない。

夏芽、ごめん。

ごめん。ごめん。ごめん。

2

両親の葬儀を済ませると、数少ない親類とこれからのことを話し合った。彼らは大阪で子持ちの女と再婚した末弟をよく思っていなかったようで、誰もが非協力的だった。それは当然だ。僕は彼らの誰とも血が繋がっていないのだから。

母方には親類と呼べる人間がいない。だから母は父からどんな暴力を受けても逃げだささなかったのだ。

「秋葉くん、これから大変やなあ」

夏芽の容体がおもわしくないことを知っていて、彼らはあえて他人行儀な言い方をした。その中の誰かが言った「もう大学どころやないな」の一言だけは効いた。それは刃物のように鋭く僕の胸を引き裂いた。

けれど陸の孤島に取り残された漂流者のままでいる時間は許されてはいなかった。

夏芽は麻酔が切れると痛みでわんわん泣き喚いた。ＩＣＵの看護師が手を焼くほどの泣き方だった。けれど僕の姿を見つけた途端、ぴたりと泣きやんだのだ。

「お兄ちゃん、帰ってきたん」

何事もなかったように、夏芽は僕を見て笑った。

その代わりに、眠りから覚めた時、僕の姿が見つからないと最初よりもっと酷く泣くようになった。

結局、葬儀に集まった大人たちの中で手を差し伸べてくれたのは兵頭のおじさんだけだった。

「おじさん、ほんまにすみません」

「ええよ、ええよ。気にすんな」

運転席のおじさんは、身近な人間の死のショックから少しだけ立ち直ったのか、また《ジャックと豆の木》に出てくる巨人のようなインパクトに戻りつつあった。

「理央の手ももう煩わせないようにします」

「他人みたいなこと言うなや、秋ちゃん」

「でも、あいつ受験生やし」

「ええねん、受験は。どうしても大学に行きたいみたいやないしな。理央が行きたかったのは〝東京の大学〟や。でも、なんやあいつ、突然大阪の大学にする言うてな。そのくせ全然勉強してる気配ないし、どうせ秋ちゃんと同じ大学目指して、点数が届かんかったんとちゃうか」

「…」

「あいつはガキの頃から、秋ちゃん秋ちゃんやからな」

おじさんが朗らかな分だけせつない気持ちになった。

駅で降ろしてもらい、時刻表を見ると電車が来るまでにまだ少し時間があった。携帯電話を取り出すと、大阪に戻ってから初めて春桜に電話をかけた。

機械の音声が「この電話は電源が入っていないか、電波の届かない場所にあるためかかりません」と告げる。日にちの感覚を失っている僕は、春桜が今日どこにいるのか見当がつかなかった。

春桜からメールは何度か来ていた。けれど来た分だけ返信をする時間がなかった。それについて彼女は一切責めなかったし、短くこちらの状態を告げると、図書館へは自分が直接行って事情を話してくるというメールを最後に、来なくなった。

彼女は僕が今どんな状態に置かれているのか、感情だけでなく事務的にも理解しているのだ。数年前に春桜自身が請け負ったことを、僕がやっているようなものなのだから。

ジンからもリィからもメールがあった。ジンは休み中にもう一度こちらへ来ると言い、リィは少ないボキャブラリーを駆使して精一杯励ましてくれた。

何度かけても電話は繋がらなかった。そのうちに電車が来て、僕はまた現実へ乗り込んだ。

ＩＣＵへ上がるエレベーターを待っていたけれど、表示ランプは最上階を灯していたので、諦めて階段で上がった。

給湯室の前を通りかかると理央がいるのが見えた。ゴミ箱と向かい合って俯いている。

「理央」

僕の呼び掛けに、理央は体をびくりとして振り返った。

白熱電灯の下で、理央の表情が強張っている。近寄ると、慌てたようにふたつきのゴミ箱に何かを放り込んだ。僕の目の端に、紫色の花弁がひらりと落ちていくのが何かの啓示のように映った。

「秋葉、今来たん？」

声が上擦っている。僕らは幼馴染なのだ。理央が何かを隠していることくらい、反射的にわかる。

ゴミ箱の前から理央を押しのける。

「何よっ、痛いっ」

吠えながら、理央はゴミ箱のふたに必死で手を伸ばした。

「何を隠してんだよっ」

「秋葉には関係ない！」

理央の手を振り払ってプラスチック製のふたを開いた。中にはまだ透明なフィルムに包まれたままの花束がそのまま捨てられていた。僕は救い出すようにそれを取り上げた。微かにそのりんどうから春桜の匂いがしたような気がした。

「お見舞いに生花はあかんねん」

理央が負け惜しみのように呟いた。

夏芽の着替えが入った紙袋をその場に落とすと、給湯室を飛び出した。夏芽に酷いことをしてきたと自覚した舌の根も乾かぬうちに、春桜に向かって走り出している。夏芽に対しても理央に対しても最低な選択だとわかっているのに、階段を飛び降りて、廊下を走って、エントランスを駆け抜けて、重力を振り払って、僕は、走る。夏芽はもう、足を動かすことすらできなくなるかもしれないのに。

駅まで来ても春桜の姿はなかった。改札を抜けてホームへ出てみても春桜の姿はない。電車が行ったばかりなのか、人影もない。

「春桜っ」

声を受け止める人がいない。

抱き止めてくれる人がいない。

「春桜！」

でも確かに来た。

春桜はここへ確かに来たのだ。

迷子の子供のように声を上げて泣き出してしまいたかった。春桜に会いたくて、彼女を抱きしめたくて、春桜の匂いをかぎたくてたまらなかった。けれど彼女はどこにもいない。

ホームに滑り込んできた電車が運んできた風で、りんどうの花がばさばさと揺れた。

その音の中で、彼女の言葉を思い出した。

『あなたの悲しみに愛をもってよりそう。りんどうの花言葉、こっちの方が素敵だと思わない？』

3

――それから、何度電話をかけても春桜の携帯電話は繋がることがなかった。

何て言って彼女を追い返したのか問い詰めたけれど、理央は頑なに口を閉じて答えてはくれなかった。

夏芽の横に座っていても春桜のことを考えた。

「お兄ちゃん、お母さんにはまだ会えへんの？」

春桜は東京へちゃんと戻ったのだろうか。そうだ、冬月《ふゆつき》に連絡を取ってみよう。

「お兄ちゃんっ」

夏芽の声で我に返る。

「なに？」

「お母さん、まだ？」

黒い瞳が真っ直ぐに僕を映すから、ぎくりとする。

「まだ。お父さんもお母さんも怪我して動けへんねんや」

「夏芽と一緒やな」

両親が亡くなったことを、夏芽にどう伝えればいいのかわからなかった。

理央が来なくなり、夏芽の看病は泊まり込みになった。

いつの間にか正月は終わっていて、日替わりで変わっていた担当医が固定され、院内の雰囲気も活気づいた。病院が平常運行に戻っていくのに、僕たち兄妹はそれぞれの冬休みを終えることができないでいた。

夏芽の診断は腰椎の骨折に伴う脊髄損傷ということだった。負傷した肺は順調に回復して、酸素吸入をしなくても自力で呼吸ができるようになった。けれど、夏芽の下半身はぴくりとも動かなかった。

壊れても人間は修復機能を備えている。けれど、脳と連結している中枢《ちゅうすう》神経である脊髄は一度破壊されると修復不能の器官だと医師から告げられた。

両足の麻痺は対麻痺《ついまひ》といい後遺《こうい》障害等級一級の認定を与えられている、立派な障害だった。医師は無情にも、車椅子の準備と、自宅のバリアフリーのリフォームを提案してきた。

何とか治る方法はないのかと医師に詰め寄った。ストレッチやリハビリをやった方がいいのではないかと、インターネットから引いてきた付け焼き刃の知識を提案したりした。けれど医師は首を縦には振らなかった。

足が動かない以外、夏芽はぐんぐん回復していった。ベッドの背を上げて、プリンを食べさせた時には「おいしいわあ」とうっとりと顔を綻ばせた。

夏芽の無邪気さには果てがなかった。それどころか、いつまでたっても僕がどこへも行かないのでうれしくてたまらないといった感じだ。まだ七歳の子供は今にしか生きていない。未来を案じる能力は、瞳がこんなにきれいなうちは見えないものだ。

ＩＣＵを出た夏芽は、病棟の個室へと移動した。できれば大部屋を、と言いたかったけれど、僕がいないと昼夜構わずわんわん泣きだす夏芽が他の患者さんに与える迷惑は想像ができた。それに個室ならば僕も気兼ねなく泊まり込みができる。

兵頭のおばさんの友人のセールスレディーに保険の受け取り手続きを進めてもらっている。ある程度大きな金額が入ってくると言われたので当面の入院費は心配いらないだろう。

けれど医師が言った、車椅子やリフォームなど、それらにはどのくらいの金が掛かるのだろうか。

これからのことを考えると暗澹たる気持ちしかない。

「お兄ちゃん、東京、たのしい？」

ベッドの背中を上げて夏芽はジュースを飲みながら聞いてくる。

「お友達できた？」

「ああ。ジン、っていう」

「なにジンくん？」

「名字。ジンミコト。神様の命って漢字書くねん。漢字ってわかるか？」

「うん。夏と秋は書けるで」

「すごいな」

頭を撫でてやると、夏芽は風に吹かれる時のように目を細めた。

僕と夏芽はかつてないほどの距離感で寝食を共にしていた。母という逃げ場もお父さんという選択肢もない。

僕らはx＝yだった。xはyでしかなく、yはxでしかない。そこに至るまでにどのような計算式が綴られたとしても、最後に当てはめられる数字は同じ。

僕は夏芽しかなく、夏芽は僕しかない。流れている血の色が半分違うものだとしても、もう半分が同じ人間はもういない。夏芽というピースには僕しか当てはまらない。もう二度と。もう、二度と。

夏芽が眠りについたのを見計らって病棟から中庭へと出た。外来業務のない日曜は人もまばらで、流れる時間の全体が間延びしている。

首を左右に傾げるとポキっと鳴った。空いているベンチに腰を下ろして携帯電話の電源を入れると、ジンからメールが届いていた。

冬休み中に行けなくてごめん。春桜さんとは連絡がついたか。文学部に毎日顔を出しているけどこちらも見つからない。藤井もいない。そちらから春桜さんの姉に電話できる余裕がなければ俺からする。講義の方は心配するな。ノートはばっちり作っておく。

僕は冬月の番号を画面に呼び出して通話ボタンを押した。いつ掛けても繋がらないけれど、日曜ならば捕まるだろう。

すっかり耳が聞きなれた慇懃《いんぎん》な機械の音声ではなくダイヤル音がして少しだけ緊張を覚える。冬月と話すのはものすごく久しぶりだった。

ダイヤル音を聞きながら、僕はジンのメールに書かれていた文学部や講義やノートという日常の断片が、上空を流れていく雲のようだとぼんやり思った。

「もしもし」

不機嫌だと即座にわかる声がした。

「羽田です」

「なに」

前置きや挨拶などしたら切られそうな物言いだ。僕は思わず姿勢を正した。

「春桜がそちらへ行っていませんか」

「どうして」

「携帯が繋がらないんです。僕、今大阪にいて」

「知っているわ。それであなたはいつ東京に戻れるの」

過程をすべて飛ばして解答を求めてくる冬月に気後れしてしまう。

「戻らないの。それとも戻れないの」

「えっと」

いつ？　いつだろう。この後のことで決定していることは、あと数日したら夏芽を実家の近くの病院へ転院させることだ。それで。そこで終わりではない。病院での治療がすべて終わったらそれで。じゃあな。夏芽に手を振って、僕は東京へ、夏芽は大阪で。誰と？　夏芽はこの先誰と生活していくのだ。

僕は愕然として言葉を失った。

「羽田くん、春桜はもうそっちへ行けないわ」

「え…」

「全部忘れなさい」

「ちょっと待ってくださいっ」

思わず立ち上がった。

「春桜を出してください。あんたが何かしとるんやろ」

「私が監禁しているとでも言いたいの」

「あんたは春桜がしあわせになることが妬《ねた》ましいねん」

「しあわせ？」

冬月が鼻で笑ったのがわかる。全身の血が燃え上がった。

「春桜を出せや」

「私は監禁なんかしてないわ。でももう春桜はあなたの傍へは行けないの。あなたがこっちに戻れないなら、忘れるのが賢明よ」

「できるわけないやろ！」

「だったら今すぐ来なさいよっ」

僕の倍の声で冬月が吠えた。

「春桜のことは全部忘れて。私のこと、恨みたければ恨みなさい」

冬月は言葉で突き放して声は宥めている。鼓動が速くなる。何かを言わなければ。何か策を練らなければ。

けれど頭が全く回らない。

体は疲れ切っていた。病院の家族用のベッドはスプリングがほとんど効いていなくて、眠っても疲れが取れなかった。ろくなものを食べていない。風呂にも入っていない。荒唐無稽なことばかりが繰り広げられている。ここは何がなんだかわからない。

「私のことは許さないでいいわ。だけど春桜のことは憎まないであげて」

「会いたい…会わせて、ください」

「妹さんのこと、大事にしなさいよ。私に言われたくないだろうけど」

「春桜はどこにおるんですか」

「許してあげてね、春桜だけは」

「冬月さん」

波が引いていくように、冬月の声は遠のいていく。

不通を告げる音が星の明滅と同じようなリズムで響いて、そして音さえも消えていく。


病室へ戻ると、夏芽はまだ眠っていた。

僕はふらふらする足取りでベッドに近づいていく。部屋の中は薄闇に包まれていた。部屋は気味が悪いくらい無音だった。

改めて見降ろした夏芽の寝顔は先ほどと少しも変わっていないのに、なんだかどこかのパーツがおかしく見えた。ディテールが変わったのだろうか。夏芽はこんな眉をしていただろうか。こんな小さな鼻、こんな赤い唇、こんな丸い頬、これはなんだっけ?

脳と視覚がうまく像を結べない。しばらくして僕は気づいた。脳は春桜の姿を映し出し、視覚は夏芽を捕えている。だからふたつが重ならないのだ。

ああ僕は、春桜をこんなに求めているのか。

体の底から湧き上がった欲情がちりちりと肌を焼いた。頭の中が春桜で埋め尽くされていくのに、視野は夏芽でいっぱいだ。その違和感が堪らなく不快だった。

いやだ、いやだ、これはいやだ、ちがう、ちがう、これはちがう、と呪詛《じゅそ》のように頭に打ち込まれていく。

突然、天啓のように閃いた。

排除だ。

その言葉に光明が差した。

そうだ、夏芽がいなければ僕は行ける。僕には動く両足があるのだ。ここを出ていける。東京へ行ける。春桜のもとへいつだって帰れる。

そうだ。排除。

手が届いた首筋はびっくりするくらい細かった。親指が頸動脈の脈動に触れた。夏芽の命はこんなに剝き出しの場所にあった。

静かに力を込めた。夏芽の顔は見なかった。

「秋葉ぁ！」

突然、体が吹っ飛ばされて壁に激突した。

その痛みで我に返る。どうしてかそこに理央がいた。

「あんた、何してんの！」

「え？」

「あほ！　秋葉のあほっ！」

理央は飛びかかってくるなり、僕の胸や頬をぽかぽかと殴った。その声で夏芽が目を覚ました。

「あれえ、理央ちゃん。ひさしぶりやなあ」

理央は声を上げて泣き出してしまった。


理央ちゃんを送って来る、すぐに戻ることを強調して僕と理央は病室を出た。理央の手を引く手の震えが止まらない。

僕たちは屋上へ上がった。夕刻のそこは風が強く吹いていて誰も来ないからだ。理央は色のはげた木製のベンチに座ってもまだ泣き続けていた。

「ごめん、秋葉。ごめんな」

「どうしておまえが謝るんや」

「だって秋葉を追い詰めたの私やもん。私のせいやもん」

嗚咽する理央の頭を包むように撫でた。他人の体温が肌から濁流のように雪崩れ込んでくると、僕は長くて深い息を吐いた。

「おまえが来てくれて助かった」

混沌から醒めた僕を見ると、理央はますます泣き崩れた。

雲の隙間に沈んでいった太陽を見送ると、あっという間に闇が訪れた。察知したように屋上の電燈が一斉に灯った。すべて白熱灯なので、明るいのに寒さは増した気がした。

洟《はな》をかんで、涙を拭いながら理央は口を開いた。

「あの人、来たで。牧村春桜。でも追い返した。夏芽ちゃんには秋葉が必要やから、取るなって言うた。邪魔や言うた。二度と秋葉に会うな、もう秋葉は東京へは戻れへんやって言うた。あの人、大阪に来るって。大学辞めて、夏芽ちゃんの看病をするって。秋葉が大学に通い続けられるように自分が全部やる言うた。私、ショックやった。私も周りもみんな、秋葉はもう大学どころやないって思ってた。でもあの人は違ってん」

理央は思い出したように、また涙と洟で顔をくしゃくしゃにしながら続けた。

「秋葉に愛されとるのはしかたないことやって思った。でも、秋葉のことを私より愛しとるのは許せへんかった。私は秋葉の将来のことなんか考えもせんかったのに、それどころかこれでもう秋葉は東京に戻れんようになったたって思ってたのに、あの人は秋葉のために全部捨てる気やった。東京に何の未練もない顔しとった。やから怖かってん。こっちに来んといてって思った。大阪は私の場所や。大阪にいる秋葉は私らのもんや」

　僕は黙って聞いた。

「私、いっぱい言うた。あんたのせいで夏芽ちゃんは事故におうたんやって、八つ当たりみたいなことまで言うた。牧村春桜が傷つくようなこと、いっぱい言うた。必死で、吹き出して、止められへんかった」

　僕には理央が感じた春桜の怖さがわかった。

　こちらが全力で死守しているテリトリーにあの人は何の衒いもなくひょいっと入ってくる。そして彼女が纏っている超然とした透明さが、放つ言葉に良くも悪くも信憑性を持たせてしまう。何もかもやりかねない、そんな透徹した怖さが春桜にはある。

　今となっては、春桜はただ、いつだって自分の中のファースト・プライオリティーに忠実なのだと知っている。無茶苦茶だ。けれど僕はその無茶苦茶さも好きになった。

　会いたい。

　春桜に会いたい。

「秋葉、あの人にお父ちゃんのことも、夏芽ちゃんと異父兄妹ってことも話してへんかったやろ」

「え？」

「父親が違ってもあのふたりは兄妹なんやって言った時だけ、牧村春桜の顔色が変わってん。やから、この人は何も秋葉のこと知らんのやって思った。秋葉の一番辛いところも知らんくせに彼女気取りするなって言うた」

あのしあわせの中にそういうものを持ちこみたくなかっただけだ。けれど、それを理央から聞かされた春桜の痛みは想像できた。

「あれから何か話した？」

「ううん。ちょっと連絡が取れんくてな」

理央は愕然とした顔をした。

「私のせいや。やっぱ怒っとるんや」

「春桜はそのことで僕を無視したりしないし、理央に対して怒ったりせえへん」

衝動の攻撃を引きずるような人間ならば冬月とは渡り合えやしない。理央がやり込められる相手ではない。

一日でいいから東京へ戻りたい。春桜と話がしたい。家族とのこともすべて僕の口から説明したい。

けれど夏芽を置いていけない。

結局答えはそこに尽きた。

僕はざわめく気持ちを押し殺して立ち上がった。

「なあ、秋葉。あの人が好き？」

理央が下から僕を見上げて聞いた。

「うん」

しょんぼりする理央に掛ける言葉は何もなかった。

病棟へ戻るとナースステーションや廊下がざわめいていた。僕を見つけた看護師が捕獲するように飛びかかってきた。

「夏芽ちゃんがベッドから落ちたの！」

4

夏芽はなかなか戻らない僕を探しに行こうと、ベッドから降りようとして転落した。幸い、一緒に落ちた掛け布団がクッションとなって大事には至らなかったけれど、そのことで夏芽は否応なしに体の変化に気がついたらしく、ますますナーバスになってしまった。

痛みを感じないはずの足が痛い痛いと言ってヒステリーを起こし、知らない医師が部屋に入ってくると怖がって泣き喚いた。

僕はますます夏芽の傍を夏芽の許可なしに離れることができなくなっていた。

昼ごはんのデザートにプリンが食べたいと言った夏芽のために売店へ走って行って戻ってくると病室から看護師が出てきた。

「あ、お兄さん。採血終わりましたよ」

「ありがとうございます」

「これで白血球の値が正常なら、転院ですね。大阪へ戻れば少しは気持ちが落ちつくんじゃないかしら」

看護師の中で彼女だけが標準語だった。その話し方が密かに心の拠り所だった。

「夏芽ちゃん、偉いのよ。採血中、ちっとも泣いたりいやがったりしないの」

「痛いこと、嫌いやのに」

「針を見ても採血の時は泣かないの。点滴の時は泣くのにね」

看護師の手の中にある紙コップの中には三本のスピッツが入っている。採血のたびに、あんなに血を抜かれるのは可哀相だなと思いながら、僕らは軽く会釈を交わしてすれ違った。けれど思い出したように彼女が僕を呼び止めた。

「夏芽ちゃんにおかしなこと言われたんだけど」

「なんですか」

「半分色の違う血には何色を混ぜたら同じ色になるの、って。どういう意味かわかる?」

僕は絶句して立ち尽くした。

看護師は肩を竦めて「何かのアニメの影響かしらね」と笑って行ってしまった。

部屋へ戻ると夏芽がおかえりーと迎えてくれる。

「お兄ちゃん、夏芽の好きなやつあった?」

「うん、あった」

「やったあ」

半分色の違う血。

半分しか血が繋がっていないと言った僕の言葉を、夏芽はそう解釈したのだ。年を追うごとにその解釈は明解なものになっていくだろう。その時、夏芽は何を感じるのだろう。否定的な感情を抱いたとしても、こんなふうに僕に笑顔を向けられなくなったとしても、夏芽には逃げ場がない。

逃げる人も、逃げる足もないのだ。

アキレス腱の辺りにひんやりとした鉄の足枷がはめ込まれていく感覚がした。

並ぶ季節を名前に入れて僕らの結束を強めた両親の策略がいまずっしりと伸し掛かってくる。夏と秋はどこまで行ったって離れられやしないのだ。

夏芽の転院を済ませてすぐに、病院にジンとリィがやってきた。ふたりの顔を見た僕は安堵しすぎて不覚にも泣きだしそうになったけれど、リィの態度や言動があまりに殊勝なので、いやな予感がした。

夏芽は標準語を話すふたりを警戒していたけれど、ジンが持ってきた数々の見舞いの品に徐々に心を奪われていった。ボードゲームをしたり、リィに本を読んでもらったりしているうちに、久しぶりにはしゃいだせいか眠ってしまった。

「あたしが見てるから安心してよ」

「でも僕がいないとすごく泣くんだ」

「少しだけ、話したいことがあるんだ」

ジンの言葉が予感を確信へと変えた。

僕たちは一階にあるカフェへ入った。全世界にチェーン展開しているカフェの内装は街中と同じだけれど、客層は圧倒的に辛気臭い。僕とジンは向かい合って座った。紙コップに入ったコーヒーに口をつけないまま、ジンはしばらくテーブルの一点を見つめていた。

「ジン」

僕はジンが可哀相になってきて、口火を切ってやった。

「春桜に何かあった？」

「どうして」

「おまえとリィがここまで来て、春桜がおらんのは不自然やろ」

ジンは力なく笑ってから、意を決したように表情を固めた。

「春桜さんはいま、入院してる」

全く違う方向から攻撃を受けて、僕は言葉を失った。

「ごめんな秋葉。こんなに時間がかかってごめん。でも全部繋がったから話すよ」

真実はいつだって怖い。けれどジンから聞いた真実は恐怖を超えていた。

「春桜さん、妊娠してた」

「は？」

「でもな、流産したんだ。倒れたのが新幹線の中だったから運び込まれたのが横浜の病院だった。だから俺もリィも春桜さんが入院したことすら知らずにいた」

「新幹線って、まさか」

「やっぱり会えなかったんだな、おまえたち」

全身の力が抜けていく。

「いまは掛かりつけだっていう大学病院にいる。会いに行ったけど、春桜さんのお姉さんに追い返された。それに絶対安静だから、どのみち家族以外は会えないらしい。春桜さん、心機能が落ちていて治療しているって。でもとりあえず命にかかわる状態ではないらしいから安心しろ。藤井から聞いた話だから間違いないよ」

「藤井…カヤ…」

「あいつはずっと病院にいる。俺とリィはずっとあいつを探してた。こうなってわかったんだけど、突然いなくなった春桜さんを探す術は藤井しかなかった。だから学校やら図書館やら《シュクル》の関係者やらいろんなとこに網を張ってようやく捕まえたんだ」

ジンが目を伏せた。僕は衝撃に備えた。

「藤井がおまえの誕生日にやったコンドーム、覚えてるか」

「あ、ああ」

「処分する前に一応中身を確認したんだ。そしたら全部に穴が開けられてた」

ジンはえぐみのあるものを噛んだような顔をした。

「針で刺したみたいな穴だよ。秋葉に見せないでよかったって思った。でもあいつ、同じものを春桜さんにも渡していたんだ」

ざわざわと虫の大群が爪先から這い上がってくるような感覚がする。足へ腹へ胸へ、最後に口の中へ大量の虫が詰め込まれていく。僕は強烈な吐き気に襲われた。思い当たることがあったからだ。春桜のマンションの部屋でした時、春桜はコンドームを箱ごと持っていた。あの箱の出先を想像して全身が粟立った。

「それは〝反逆〟だったって。春桜さんにコンドームをやったのは、秋葉との仲を認める証だったらしい。でもあいつはそれにも全部に穴を開けていたんだ」

「それが、反逆？」

「藤井は、他人をけしかけるようなことを掲示板に書きまくっても、盗撮をしても、直接秋葉を襲っても、春桜さんだけには手をつけないと高を括っていた。おまえもそうだろ。何より春桜さんが一番そう思っていたんだろうな。だから何の疑いもなく、藤井からもらったそれを使った。藤井、言ってた。自分はいつまでも、春桜を守るだけの兵士じゃないってことを気づいてほしかったって。だから初めて春桜さんに対していやがらせをした。勘のいい春桜さんなら気づくと思っていたって。でも、春桜さんは友達だって信じている人間のことを疑ったりしなかった」

「そんな、ことのため…？」

「藤井は春桜さんの妊娠なんて望んじゃいなかった。気づかなかった春桜さんと秋葉のせいだって言ったよ、あいつ」

　ジンの口調が荒くなった。カヤとのやりとりを思い出したのか、ジンは苛立ちを撒き散らすように激しく髪を掻き毟った。こんなにも感情を乱しているジンを初めて見た。

「リィがマジで藤井を殺しかけたよ。あいつ抵抗しねえんだ。病院の人間が止めに入ったけど、俺は止められなかった。そんなことのためだよ、そんなくだらねえことのために春桜さんの体を使ったんだ。しかも流産って何なんだよ、何なんだよこれはっ」

乱暴にテーブルを叩いたジンを、病人たちが一斉に見た。溢れ出る涙を手のひらで乱暴に拭ってから、ジンは僕に向かって頭を下げた。

「ごめん秋葉。ごめん。ごめんな」

「なんでおまえが謝んねん」

「俺、何もできてない…。友達なのに、せっかくできた友達なのに、おまえの役に立ててない」

「友達は役に立ったり立てなかったりするもんとちがうで」

顔を上げたジンはくしゃくしゃの顔をしていた。よく見れば頬がこけて髪も服もいつもよりよれっとしている。春桜の行方に辿り着くまで、ジンとリィがどれほど苦労したかを想像すれば、僕が言えることはひとつしかない。

「ありがとう、ジン」

「やめろよ。お別れみてえじゃん」

「あほか。何でそうなんねん」

「でも…みんなばらばらになってるから」

「リィとおまえは一緒になったみたいやんか」

僕が少しだけ微笑むと、ジンは顔を覆って泣きだした。

「泣くなよ」

「秋葉が初めてだった。親が官僚だって言っても、いやな顔も羨んだりもしなかったやつ。名前をバカにしないやつも、俺より頭がいいやつも、同じくらい宇宙が好きなやつも」

「おまえも苦労が絶えんかったんやな」

「おまえが言うな」

ジンは怒ったように唇を尖らせた。

僕も初めてだった。気の置けない友人というやつができたこと。

「会わせてもらえないけど、俺もリィも春桜さんのとこに通うから。何かわかったらすぐにメールする。藤井みたいに病院に張り付いて、春桜さんのお姉さんを口説き落とすよ」

「お姉さんは朗らかな男は嫌いやで」

「でもクリアする。春桜さんの具合がよくなったら、絶対奪還して、ここへ連れてくる」

「うん」

「大学だって通信があるし、俺が先に宇宙開発の場に行けたら、コネを作りまくっておまえの場所を用意しておくから」

「ありがとう」

「もしもおまえと夏芽ちゃんが東京で暮らしたいなら、全力でサポートする」

「おまえはどこまでもええやつやな」

ジンの明るさにいつだって救われてきた。いつだってジンの言葉は勇気をくれた。けれど、いまの話だけは夢物語のように聞こえた。僕たちはまだ十九歳なのだ。何もかも思い通りにできるほど、僕らは力を持っていない。


病室へ戻る途中の廊下で夏芽の泣き声が聞こえて、僕は慌てて部屋へ飛び込んだ。ベッドで暴れている夏芽を、リィが必死に宥めていた。

「お兄ちゃんっ」

小さな両手がいっぱいに伸びてくる。僕を捕まえると縋りつくように頬を胸に擦りつけてきた。

「行ったらいやや。東京なんかに行ったらいややっ」

「行かへんよ。どこへも、行かへんって」

夏芽はそこにいるふたりに向かって吠えた。

「お兄ちゃんを連れていくなっ！　東京なんかに連れてったらいややっ！　いややあ」

顔を上げると、リィとジンが絶句していた。

リィはもしかしたら、自分が残るから春桜のもとへ行ってこいとでも言うつもりだったのかもしれない。けれどこれを見たら言えるわけがない。

僕は夏芽を強く抱きしめた。

「大丈夫や。お兄ちゃん、どこへも行かへん」

東京へも、カヤを殺しにも、冬月と闘いにも、春桜を救いにも、僕はどこへも行かれない。

ジンとリィが帰り、夏芽が眠ってしまうと、看護師さんが、患者さんの利用がないこの時間ならシャワー室が使えるからどうぞ、と教えにきてくれた。

シャワーコックを限界まで開くと、熱いお湯が滝のように打ち付けてくる。激しい水音と白い湯気が狭いシャワー室に広がっていった。僕は自分の爪先を見つめたまま動けずにいた。

前髪から、顎の先から首筋から、胸を這って滂沱《ぼうだ》として爪先へと落ちてくる雫のひとつひとつに、記憶や言葉や感覚が閉じ込められていて、弾けると目の前に形を成して現れた。

妊娠、流産、起因。

コンドーム、針の穴、春桜のマンション。

私のことは許さないで、許してあげて春桜だけは。

母親、遺伝、検診。

空間の中に拡散していた意識が徐々にまとまって僕の中に集まってくる。

アルビレオ、アンタレス、サザンクロス。

ほんとうの幸、りんどうの花、勝利への確信。


――あなたの悲しみに愛をもってよりそう――


一気に力が抜けてしまうと、床の上に手をついて、腰が落ちた。シャワーは雨粒のように僕の体に打ちつける。

とめどなく涙が溢れていることはわかった。人工的に熱した水よりも熱い水源が僕の体内で燃えていた。

浅い呼吸はしゃっくりのように喉を鳴らした。このまま呼吸が止まってしまえばいいのに、吸ったら吐くし、吐いたら反射的に吸ってしまう。それすら大罪を犯しているような意識に苛《さいな》まれて両手で顔を覆った。

内包された世界が足元にぶちまけられたというのに何ひとつ掬いあげることが叶わなかった。世界は渦を巻いて排水溝へどんどん流れ込んでいってしまう。感覚が、奥行きが、輪郭が、パレットの絵の具が全部混ざって灰色に変色していくように色を失っていった。

手に負えない巨大な質量によって空間がねじ曲がる。僕はねじれ目の深い谷へと堕ちていく。墜落した飛行機は二度と飛ぶことはできない。けれどもう、引力に抗う術がひとつもなかった。

春桜。春桜。春桜。

春桜は発病してしまったのではないかと思った。その可能性を立ち上げると、冬月の言葉が理解できた。

僕のせいだ。僕が春桜の中の引き金を引いた。

僕は体をふたつに折って、床に手をついて、すべてを吐きだした。体内に摂取したすべてを拒絶しようとしている僕を、上空から嗤《わら》うように水は鳴る。

輝いた時間は永久に消滅し、絶望だけが肥大していく。

世界は閉じた。

「――ぁ」

呼んだ名前はシャワーの水音に掻き消されて、すえた体液と一緒にとぐろを巻いて排水溝へ吸い込まれていった。

世界の入り口は固く閉ざされた。

――永久に。

第6章　12歳のポストマン

1

俯いたきり黙っていた秋葉《あきは》さんが顔を上げた。その時僕は唐突に思い出した。浮遊していた糸の端と糸の端がくるりと結ばれたようだった。けれど繋がった記憶を先に口に出したのは彼の方だった。

「千景か」

その声の質感が僕の中に蘇った記憶に色をつけた。いつだかわからないけれど、この人に会ったことがある。長い前髪と力のない瞳。けれどやさしさを含んでいる唇。僕は知っている、羽田《はねだ》秋葉のことを。

「どうして、ここにいるの…」

口をついて出た疑問に困ったように秋葉さんが微笑んだ。その笑い方を知っている。その声を、その眼差しを知っている。ハルちゃんの傍にあったものだ。

「どうしてハルちゃんの傍にいないの？　お兄ちゃんはハルちゃんの恋人じゃなかっ

たの」

「もう七年も前の話だよ」

突き放したような言い方が癇に障った。僕は身を乗り出して薄紫色の便箋をテーブルに叩きつけてやった。こんなふうに渡すつもりはなかったけれど、勝手にハルちゃんを記憶の片隅へと追いやるようなことは許せなかった。

「千景、これは？」

「ハルちゃんからの手紙」

広げた教科書に「しね」と落書きされていたのを見つけた時の僕だって、こんなに驚いた顔はしなかった。

「僕はこれを届けにきた」

「はる、牧村先輩に、頼まれたのか」

「ちがう！　頼む気があるならリィさんに頼んでるはずだよっ」

記憶の糸はひとつ繋がった途端、車両が連結していくように次々と他の記憶と繋がっていく。

小学校に上がる前か上がったばかりの頃か、ハルちゃんが《銀河鉄道の夜》の絵本をくれた。ハルちゃんは言った。「大好きな人が大好きな本だから、千景にもあげる」

飴玉をわけてくれるような声だった。ハルちゃんが読み聞かせてくれるその本の中にはハルちゃんの恋心が詰まっていた。だから僕は今でもあの絵本を開くたびに少し胸が詰まって、けれどしあわせを御裾分けされたような温かい気持ちになるのだ。

あの本はハルちゃんの〝ほんとうの幸〟そのものだったんだ。

「読んでよ」

いつまで経っても手紙を睨んだまま動かない秋葉さんに業を煮やして言った。

「そうやって迷っている間にハルちゃんが死んじゃったらどうするんだよっ」

秋葉さんの顔が強張った。

「死んじゃうんだから！　ハルちゃんは心臓が見つからなかったら死んじゃうんだ！」

苛立ちにつられて、ずっと抱えていた不安や恐怖も破裂してしまった。ハルちゃんのことだけじゃない。いじめられていたストレスも大爆発だ。僕の中でスーパーノヴァが起きたのだ。

星が死んでしまう時に起こす大爆発をスーパーノヴァという。星の爆発を想像した途端、記憶は部屋の書棚にある古い宇宙の図鑑と連結した。そうだ。僕が夜空を見上げるようになったのは、このお兄ちゃんが見せてくれた宇宙船に感動したからだ。

いつの間にか抗えないものに罹患させられていたことに気づいて、涙が溢れ返った。

秋葉さんの指先が手紙に触れた瞬間、ハルちゃんの存在を奪うように別の手がそれを素早く取り上げた。

「こんなもん、読まんといてっ」

「理央！」

居間に戻ってきた理央さんが手紙を両手で摑んだ。僕は反射的にその手元を目がけて飛びかかった。

「やめてよっ。破いたりしないで！」

「離して！」

「いやだっ、それはハルちゃんが秋葉さんに書いたんだから」

奪い取って床に転がった僕を見降ろしていた理央さんは、その場に崩れ落ちた。

「もう忘れてよ、牧村春桜《はるか》なんて」

「忘れないでよっ。ハルちゃんはきっとまだ秋葉さんが好きなんだっ」

僕は手紙を秋葉さんの胸に押しつけた。

五八〇キロの距離を超えて、白い病室から彼に手紙が届いた。

ドスンと離れから物が落ちたような音がすると、秋葉さんは頭で考えるより先に体が反応するような速さで、縁側から庭へ飛び降りると離れへ走っていった。理央さんも顔を上げると同時に立ち上がっていた。

離れへかけ込む理央さんの後を追っていくと、ベッドの下で蹲っている夏芽《なつめ》を秋葉さんが抱えているところだった。ハルちゃんからの手紙は、その手前の床に落ちていた。

「お兄ちゃん、行くの？」

「どこへも行かへんよ」

秋葉さんは夏芽を抱え上げるとベッドに座らせる。

秋葉さんの腕の隙間から、僕と夏芽は視線を交わした。けれど熱量は昼間と逆転していた。

「夏芽がいるから秋葉さんはハルちゃんを捨てたんだ」

三人の〝確信〟が衝撃波になって頬に当たった。それが僕に火をつけた。これじゃあまるで仲間はずれと同じだ。自分たちが安全でいるためにひとりを嬲《なぶ》りまくっている小学生と同じことだ。

「ハルちゃんがどれだけ淋しかったか、どうして考えてあげなかったんだっ」

「黙れ！」夏芽が怒鳴る。

「病気になってモデルも大学も辞めて、ずっとひとりぼっちだったんだ！　僕のお母さんにいじめられても病気だからどこへも自由に行けなかったんだ。入院したら狭い部屋に閉じ込められて、いっぱいいっぱい検査検査検査！　怖いことも辛いことも、全部ひとりで乗り越えてきたんだっ！　どうして一度も会いに来なかったんだよ！どうしてどうしてどうしてっ」

掴みかかった僕の体を秋葉さんの両手が受け止めた。この手を知っている。ハルちゃんの傍にあったもの。

「どうしてだよっ」

「秋葉を責めんといて！」

手を出す理央さんを睨《ね》めつける。瞬きをひとつすると涙が零れ落ちて視界と一緒に怒りもクリアになった。

「じゃあ、理央さんを責めたらいいの？」

理央さんの表情が強張った。僕は視線をもうひとりへと移した。

「それとも夏芽？」

長い黒髪に縁どられた頬がぴくりと引きつる。血液が濁流と化すと、受け止める心臓は圧力に耐えかねたように早鐘を打った。

体の芯を燃やす僕の炎を、素手で包み込んだのは、秋葉さんの手だった。

床に膝をついた彼は、僕の頬を躊躇なく包んだ。

「千景」

この目を知っている。いつか、どこかで、僕はこの目に縋った。この人は、かつて、どこかで、僕が見た光だった。

「理央も夏芽も悪くない。僕が捨てた。僕の意思で春桜を捨てた。春と冬を繋いでやれなくてごめん」

「どうして捨てたんだよ。嫌いになったの」

「なってへんよ」

「いまでも好きなの」

「ああ、そうや」

「ハルちゃんもきっと好きだよ。わかるんだ、僕には」

「おまえは小さい頃からハルちゃんが大好きやからな」

ごしごしと僕の頬を擦ると、秋葉さんは床に落ちていた薄紫色の封筒を取って立ち上がった。

「お兄ちゃん」

書棚の端にある引き出しからハサミを出している秋葉さんを夏芽が呼んだ。秋葉さんは背を向けたまま手を止めなかった。

「お兄ちゃん、東京行くの？」

夏芽の声には敗北感があった。高潮のように湧き上がった憎しみの根源にいた夏芽が急に哀れに思えた。ハルちゃんを選んだら夏芽はひとりになってしまう。けれど夏芽を選んだから、ハルちゃんはひとりぼっちにされてしまった。

僕は封筒の端にハサミを入れる秋葉さんの横顔を見つめた。

どうしてか、淋しさのヒエラルキーの頂点に君臨していたのはこの人だと感じた。

秋葉さんの指先が便箋を摘まみ出した。開かれた便箋はたった一枚しかなかった。

「行ってもええよ」

驕慢《きょうまん》さを脱ぎ捨てた夏芽は、生まれたての赤ん坊と同じくらい無防備で危うい存在に退化してしまった。あまりにも痛々しくて、僕は彼女の隣へ座った。

「ずっと行きたかったんやろ。行ってもええよ」

膝の上で震えている夏芽の手を右手で包み込んでやると、夏芽は抵抗しなかった。

「どうしてもっと早く言ってやれなかったんだよ」

尖っていたものが折れてしまうところを見たくないから片方の手で支えているのに、もう片方の手では、折れるどころか溶けてしまえと毒を掛けているようなものだ。

夏芽は内側から打ち破るように声を上げた。

「だって恋がどういうもんか、ずっとわからんかったんや！」

そのまま体を折って夏芽は本物の赤ん坊のようにあーんあーんと声を上げて泣いた。

部屋の均衡がぐらりと傾いて、がくんと落ちて、ばりんと割れた。その揺らぎにバランスを失った理央さんが部屋の入り口に座り込んだ。僕は夏芽の背中をさすってやった。昼間、中学校のグラウンドをフェンス越しに見つめていたのはそういうことだったのだろう。

秋葉さんが振り返った。

「夏芽」

秋葉さんが握っている便箋には何も書かれていなかった。目を凝らして見たけれど、一枚の便箋には永遠に薄紫色が広がっているだけだった。

「お兄ちゃんと、東京行こ」

2

翌朝、僕と秋葉さんと夏芽は大阪を出た。夜のうちに出発しようと提案したのに、羽田兄妹は、寝不足はよくないとか、夜の高速はいややとか言うと寝床に入ってしまった。やきもきしていると、理央さんが夏芽の身に起きた事故の経緯をそっと教えてくれた。

「夏芽ちゃんのことよろしく頼んだよ、千景くん」と理央さんは言った。疲れたような笑顔に罪悪感が込み上げてきたけれど、恋のことをよく知らない僕が言葉だけの慰めを言っても迷惑だろう。

夏芽は（僕に命じて）あれこれ鞄に詰め込んでいたけれど、秋葉さんはほとんど荷造りをしなかった。日帰りを決め込んでいるのだろうかと見ていると、秋葉さんはハルちゃんからの手紙の封筒の中に、仏壇に置いてあった小さな折り紙を入れた。動物の、たぶんうさぎの形をしたピンク色の折り紙だ。

「ハルちゃんも動物を折るの、上手だよ」

近寄って行って言うと、秋葉さんはうれしそうに微笑んだ。

「それ、うさぎ？」

「大切な人の代わり」

「ハルちゃんは死んでないよ」

「違うよ。僕と春桜にとって大切な人」

「だれ？　写真はないの？」

秋葉さんは小さく頷いて、折り紙を入れたハルちゃんの手紙をジーンズのポケットに入れた。仏壇には昨日はふたつあったはずのコップがひとつしかあげられていなかった。事故で亡くなった秋葉さんと夏芽の両親が寄り添っている写真に、僕はなんとなく手を合わせた。

理央さんとおじさんに見送られて僕たちは酒屋の軽トラックに乗って東京へと向かった。ひとりだった僕の旅にふたりの彩りが加わった。

隣に座った夏芽がハルちゃんのことを教えてほしいと言うので、知っている限りの話をした。自分勝手に築き上げてきた夏芽の中のハルちゃん像を打ち壊すのに、東京へ着くまでのすべての時間を費やした。病院へ着いた頃、僕と夏芽はしゃべりすぎてぐったりしていた。

地下駐車場から病棟へ繋がる地下通路で、知り合いを見つけて声をかけた。

「藤井先生！」

背が高い人なのでどこにいても目立つ。振り返った藤井先生は僕を見て微笑みかけたけれど、僕が押していた車椅子に乗っていたのがハルちゃんではなく、隣にいたのがお母さんでないことに気づくと、訝しげな顔をした。

「あ、このふたりはハルちゃんのお見舞いです。藤井先生はハルちゃんのリハビリの先生。えーっと、なんでしたっけ。りかのようさいし」

「理学療法士」

「ああ、それ」

僕は秋葉さんの方を振り返った。顔が強張っている。答えを求めるように見上げた藤井先生からも笑顔が消えていた。

「羽田…」

「お兄ちゃんの知り合い？」

下から夏芽が聞いた。秋葉さんはその声で魔法が解けたように表情を作った。

「ああ、大学の頃のな」

「じゃあ、藤井先生はハルちゃんと同じ大学だったんですか？　知らなかったな」

「リハビリって、歩いたりするん？」

夏芽の問い掛けに、藤井先生はひとつ瞬きをする。

「ハルちゃんは歩いたりできないんだって言っただろ」

藤井先生は背中を丸めると夏芽に顔を近づけて言った。

「軽く手を握ったり開いたりするだけの運動でも、しないよりは体にいいの」

「ふうん」

「毎日なんか？」

秋葉さんが尋ねると、藤井先生の頬が微かに震えた。まさか、このふたりも恋だろうか。

「週に一回だよ。ねえ、早く行こう」

僕が手を引くと秋葉さんはあっさりと動き出したのでほっとした。けれど、藤井先生は動かなかった。

ちらりと振り返ると藤井先生はその場に立ち竦んでいるようだった。まさか、あの人も秋葉さんに片想いしていたのだろうか。乗り込んだエレベーターで隣に立つ秋葉さんを見上げながら釈然としない気持ちになった。

病室の前に、お母さんが立っていた。

唐突に自分の罪が突きつけられる。無断外泊の上に塾の月謝に手をつけた。お母さんの激高に怯えて進めなくなった僕を夏芽が振り返った。

「久しぶりね」

平手が飛んできてもおかしくない状況で、お母さんは僕を見なかった。歩み寄って行ったのは秋葉さんだった。

「突然、すみません」

「いいのよ。電話もらってうれしかった。でも春桜には言ってないわ。どう伝えたらいいのかわからなかったの。あなたのことはうちではタブーのようになっていたから」

お母さんがうっすら、絹ほどの薄さで微笑んでいる。僕は軽いパニックに襲われた。

「君のお兄さんって何者なの」

呟くと夏芽は、はあ?っという顔をした。けれど、獰猛なお母さんを一瞬で手懐《てなず》けている秋葉さんは尋常ではない。冴えないのは風貌だけで、ひょっとしたらものすごい人なのかもしれない。

「千景」

お母さんに呼ばれて、心臓が跳ね上がった。お母さんが近づいてくる一瞬が、東京・大阪間よりも長い。心臓が縮み上がる。夏芽の車椅子のグリップを強く握りしめた。

「私たちは少し下のカフェに行きましょう。はじめまして、夏芽さん。千景の母です」

「羽田夏芽です…よろしくお願いします」

夏芽が萎縮している。傲慢な人間ほど、絶対に敵わない人間を見分ける嗅覚は鋭いのだ。

お母さんに促されて僕は夏芽の車椅子を回転させた。夏芽が振り返る眼差しの先には、ハルちゃんの病室の前で立ち尽くしている秋葉さんがいた。

「お母さん、先に行ってて。すぐに追いかけるから」

怖かったので声が大きくなってしまった。お母さんの反応を見る前に、夏芽の車椅子を秋葉さんの方へと押して行った。

「お兄ちゃん」

夏芽と秋葉さんの視線が上下で重なり合った。一瞬の緊迫を振り払うように、夏芽はにっこりと笑って見せた。

「がんばって、お兄ちゃん。この際先のことはどうでもええから、今のことだけ、自分のことだけ考えて」

「夏芽…」

「学歴も仕事も夢も希望もなくてもお兄ちゃんは最高にええ男やで」

「それ、褒め言葉なの？」

「うっさいぼけ。あたしのお兄ちゃんは世界で一番なの」

あながち間違っていないかもしれないので、口を挟むのをやめた。秋葉さんは夏芽の頭を、円を描くように撫でた。

「おまえも。足も口も態度も悪いけど、最高にかわいい妹やで」

「あんたが頷くな、千景！」

「呼び捨てにするなよ！」

そのやり取りで秋葉さんの緊張はだいぶ解《ほぐ》れたようだった。顔に笑顔が戻っている。それを見ていたらむくむくとしあわせな気持ちが湧き上がってきて、体の芯が熱くなった。

同じ目を、夏芽もしていた。僕らは視線だけで意志を通い合わせると、リハーサルなしのぶっつけ本番でびっくりするほど息の合った連係プレーを計った。

夏芽がドアノブに腕を伸ばして開けた部屋の中に、僕が秋葉さんを押し込んだ。

窓辺の白いカーテンが鍵盤を叩くように滑らかに揺れている。その下のベッドから、ハルちゃんがこちらを見ていた。

「ハルちゃん、郵便でーす」

そうして扉を閉めた。

覗きたい気持ちはあったけれど、見ない方がいい。たぶん、見たら、うんとうれしくて、少しだけ傷つく。

エレベーターを待っていると、背中を向けたまま夏芽が呟いた。

「千景、ほんまにありがとう」

僕は一瞬何を言われたのかわからなかった。

「あんたが手紙届けてくれて、ほんまに、ほんまにみんな感謝してるはずやで」

「それは、…どういたしまして」

「お兄ちゃん、今頃きっと泣いてるわ」

それならハルちゃんは泣かないだろう。泣いている人を包んであげる人だから。


下へ降りて病棟を出ると、お母さんがハルちゃんの病室を見上げていた。カーテンがひらひらと躍っていた。

「お母さん、ハルちゃんに手紙届けてきたよ」

「長い手紙になりそうね」

いつもならばっさり切り捨てる比喩に対して、お母さんが楽しそうに答えた。やっぱり秋葉さんは只者ではないと思いながら、僕も病室の窓を見上げた。隣で夏芽も顔を上げた。

「あの子、生きていてよかったわ」

「春桜さん、そんなに悪いんですか」

表情を曇らせた夏芽の方に視線を向けると、お母さんは首を横に振った。

「春桜は生きるわよ。人はね、どんなに悲しいことがあっても、どれほど絶望しても、ひとつの感動や、ひとつの喜びや、ひとつの恋で生きられるの」

「生きているから、悲しいことや、絶望があっても？」

反論するように言ってしまってから、いじめられていることを悟られたらどうしようと焦る僕を摑まえるように、お母さんが肩を抱いてきた。

お母さんの体温が服の下まで伝わってくる。この手のひらはいつも変わらない温度で僕に触れる。目隠しをされてたくさんの手に触れられたとしても、僕はこの手をきちんと引き当てられるという確信があった。

「生きていなくちゃ、悲しみや絶望は克服できないのよ。生きて時間を前に進めないことには、感動や喜びや恋に出会えないからね」

「さいわいに至るためのおぼしめし、ってやつか」

夏芽が眼差しの先に誰かを思い描いて呟いた。

「それ、《銀河鉄道の夜》」

「よう知ってるやん。小学生のくせに」

「ハルちゃんに読んでもらったから」

「あたしもお兄ちゃんの受け売りや」

僕と夏芽は並んでハルちゃんの病室を見上げた。

今日死んでしまったら、ハルちゃんに褒められたり抱きしめられたりされなくなる。それはすごくもったいない。明日死んでしまったら、ハルちゃんの白紙の手紙の真相は永遠に謎のままだ。一週間後、死んでしまったら、夏芽の恋を見届けられない。思いの枝葉《えだは》を伸ばしていくと気がかりがありすぎて、僕は死ぬ日を決めかねた。

お母さんが僕の前に立つと姿勢を低くして目線を合わせてくる。

「おかえりなさい、千景。よくがんばったわね。ありがとう」

生きていれば、人から感謝されることがある。

夏芽やお母さんや、あのふたりもそうであればうれしい。

「さあ、行きましょう。お腹すいているでしょ」

「あたし、ペコペコです。千景は？」

「減ってる」

生きていれば、お腹もすく。

「なんか気が抜けたらトイレ行きたなってきた。千景、頼むわ」

「ト、トイレ？　女子トイレなんて入れないよ！」

「冗談や、あほ」

「はあ？」

「あんたいちいちリアクションがでかいからおもろい」

「置いていっていいの？」

車椅子を押す手を止めた僕を夏芽が振り仰いだ。そしてにやりと笑う。

「あたしの泣き真似、女優級やで」

目の下の膨らみに指をあてがう夏芽を見て、慌てて車椅子のグリップを握りなおした。

「それでええ。あたしの友達なら、いろいろやってもらわなあかんから」

「友達なの？」

「ちゃうの？」

振り返った夏芽がきょとんとしている。ともだち、という言葉が心の水面に投げ込まれると、それは大きな波紋を描いた。揺れる波が心の縁まで届いた時、頬の筋肉がぷるんと震えた。

「いいけど…」

生きていれば、新しい友達ができる。

「くれぐれも友達やで。好きとか言われても困る」

「言わないよっ」

「そう？　あたし結構かわいいやろ。ああ、でもあんた、春桜さんみたいなの見慣れてるから目が麻痺してるかもな」

「してない！」

夏芽が笑いを止めて振り仰いだ。一瞬、息が止まった。

生きていれば。

恋だって始められる。

生きていれば。

〝ほんとうの幸〟を見つける旅が続けられる。

季節を明日も巡りながら。

春、夏、秋、冬、絶え間なく流れる幾千の景色の中で。

了

編集部による解説

大反響をいただいた『余命10年』の著者プロフィールに「本作の編集が終わった直後、病状が悪化。刊行を待つことなく、２０１７年2月逝去」とあるのを皆さま読まれたと思います。

文芸社文庫ＮＥＯ『余命10年』の著者・小坂流加さまは執筆を終えた直後の２０１７年2月27日、39歳の若さで天国に旅立たれました。

編集部から「他にも原稿がありましたら教えてください」とお願いしていたところ、２０１７年秋ごろ、ご家族から他にも原稿があったとお知らせいただきました。編集部で拝見しましたら、『余命10年』とは異なる世界を描いたすばらしい原稿がありましたので、出版させていただくことにしました。

執筆時期やどれぐらい推敲を重ねたかなど詳細はわかりませんが、幸い、ご家族にもお許しをいただいたので、皆さまに小坂流加さまの新作『生きてさえいれば』をお届けすることができました。

本作品は当文庫のための書き下ろしです。
本作品はフィクションであり、実在の個人・団体などとは
一切関係がありません。

文芸社文庫

生きてさえいれば

二〇一八年十二月十五日　初版第一刷発行
二〇二二年四月十日　初版第十一刷発行

著　者　小坂流加
発行者　瓜谷綱延
発行所　株式会社　文芸社
〒一六〇－〇〇二二
東京都新宿区新宿一－一〇－一
電話　〇三－五三六九－三〇六〇（代表）
〇三－五三六九－二二九九（販売）

印刷所　株式会社暁印刷
装幀者　三村淳

ISBN978-4-286-20200-6

余命10年

第6回静岡書店大賞・映像化したい文庫部門大賞受賞!!

著者：小坂流加

「死ぬ準備はできた。だから
あとは精一杯生きてみるよ」

二十歳の茉莉は、数万人に一人という不治の病にかかり、余命が10年であることを知る。笑顔でいなければ周りが追いつめられる。何かをはじめても志半ばで諦めなくてはならない。未来に対する諦めから死への恐怖は薄れ、淡々とした日々を過ごしていく。そして、何となくはじめた趣味に情熱を注ぎ、恋はしないと心に決める茉莉だったが……。涙よりせつないラブストーリー。

［文芸社文庫 NEO　既刊本］

ブレストガール！　女子高生の戦略会議
今井雅子

ひまわり探偵局
濱岡　稔

余命10年
小坂流加

鳴物師　音無ゆかり　依頼人の言霊
上野　歩

フクシノヒト　こちら福祉課保護係
原案：役所てつや　著者：先崎綜一

…結論。ぼくはきみが、大切でたまらない。
花魚・クジョー

［文芸社文庫 NEO　既刊本］

探偵太宰治
上野　歩

ひまわり探偵局2
濱岡　稔

きものジゴロ
川口祐海

12×9の優しい引力
檜山智子

フクシノヒト2　こちら福祉課保護係
原案：役所てつや　著者：先崎綜一

恋愛解決部！
叶田キズ